中华文化风采录

浩瀚经典宝库

独特的词作

胡元斌 ◎编著

北方妇女儿童出版社

·长春·

图书在版编目(CIP)数据

　独特的词作 / 胡元斌编著. 一长春 ： 北方妇女
儿童出版社，2017.4(2022.8重印)
　（浩瀚经典宝库）
　ISBN 978-7-5585-0923-0

　Ⅰ．①独… Ⅱ．①胡… Ⅲ．①词(文学)－介绍－中
国－古代 Ⅳ．①I207.23

　中国版本图书馆CIP数据核字(2017)第055077号

独特的词作

DUTE DE CIZUO

出 版 人	师晓晖	
责任编辑	吴　桐	
开　　本	700mm×1000mm　1/16	
印　　张	6	
字　　数	85千字	
版　　次	2017年4月第1版	
印　　次	2022年8月第3次印刷	
印　　刷	永清县晔盛亚胶印有限公司	
出　　版	北方妇女儿童出版社	
发　　行	北方妇女儿童出版社	
地　　址	长春市福祉大路5788号	
电　　话	总编办：0431-81629600	

定　　价　　36.00元

习近平总书记说："提高国家文化软实力，要努力展示中华文化独特魅力。在5000多年文明发展进程中，中华民族创造了博大精深的灿烂文化，要使中华民族最基本的文化基因与当代文化相适应、与现代社会相协调，以人们喜闻乐见、具有广泛参与性的方式推广开来，把跨越时空、超越国度、富有永恒魅力、具有当代价值的文化精神弘扬起来，把继承传统优秀文化又弘扬时代精神、立足本国又面向世界的当代中国文化创新成果传播出去。"

为此，党和政府十分重视优秀的先进的文化建设，特别是随着经济的腾飞，提出了中华文化伟大复兴的号召。当然，要实现中华文化伟大复兴，首先要站在传统文化前沿，薪火相传，一脉相承，弘扬和发展5000多年来优秀的、光明的、先进的、科学的、文明的和自豪的文化，融合古今中外一切文化精华，构建具有中国特色的现代民族文化，向世界和未来展示中华民族具有独特魅力的文化风采。

中华文化就是中华民族及其祖先所创造的、为中华民族世世代代所继承发展的、具有鲜明民族特色而内涵博大精深的优良传统文化，历史十分悠久，流传非常广泛，在世界上拥有巨大的影响力，是世界上唯一绵延不绝而从没中断的古老文化，并始终充满了生机与活力。

浩浩历史长河，熊熊文明薪火，中华文化源远流长，滚滚黄河、滔滔长江是最直接的源头，这两大文化浪涛经过千百年冲刷洗礼和不断交流、融合以及沉淀，最终形成了求同存异、兼收并蓄的辉煌灿烂的中华文明。

中华文化曾是东方文化的摇篮，也是推动整个世界始终发展的动力。早在500年前，中华文化催生了欧洲文艺复兴运动和地理大发现。在200年前，中华文化推动了欧洲启蒙运动和现代思想。中国四大发明先后传到西方，对于促进西方工业社会形成和发展曾起到了重要作用。中国文化最具博大性和包容性，所以世界各国都已经掀起中国文化热。

中华文化的力量，已经深深熔铸到我们的生命力、创造力和凝聚力中，是我们民族的基因。中华民族的精神，也已深深根植于绵延数千年的优秀文化传统之中，是我们的精神家园。但是，当我们为中华文化而自豪时，也要正视其在近代衰微的历史。相对于5000年的灿烂文化来说，这仅仅是短暂的低潮，是喷薄前的力量积聚。

中国文化博大精深，是中华各族人民5000多年来创造、传承下来的物质文明和精神文明的总和，其内容包罗万象，浩若星汉，具有很强的文化纵深感，蕴含丰富的宝藏。传承和弘扬优秀民族文化传统，保护民族文化遗产，已经受到社会各界重视。这不但对中华民族复兴大业具有深远意义，而且对人类文化多样性保护也有重要贡献。

特别是我国经过伟大的改革开放，已经开始崛起与复兴。但文化是立国之根，大国崛起最终体现在文化的繁荣发展上。特别是当今我国走大国和平崛起之路的过程，必然也是我国文化实现伟大复兴的过程。随着中国文化的软实力增强，能够有力加快我们融入世界的步伐，推动我们为人类进步做出更大贡献。

为此，在有关部门和专家指导下，我们搜集、整理了大量古今资料和最新研究成果，特别编撰了本套图书。主要包括传统建筑艺术、千秋圣殿奇观、历来古景风采、古老历史遗产、昔日瑰宝工艺、绝美自然风景、丰富民俗文化、美好生活品质、国粹书画魅力、浩瀚经典宝库等，充分显示了中华民族厚重的文化底蕴和强大的民族凝聚力，具有极强的系统性、广博性和规模性。

本套图书全景展现，包罗万象；故事讲述，语言通俗；图文并茂，形象直观；古风古雅，格调温馨，具有很强的可读性、欣赏性和知识性，能够让广大读者全面触摸和感受中国文化的内涵与魅力，增强民族自尊心和文化自豪感，并能很好地继承和弘扬中国文化，创造未来中国特色的先进民族文化，引领中华民族走向伟大复兴，在未来世界的舞台上，在中华复兴的绚丽之梦里，展现出龙飞凤舞的独特魅力。

走向繁荣——北宋词

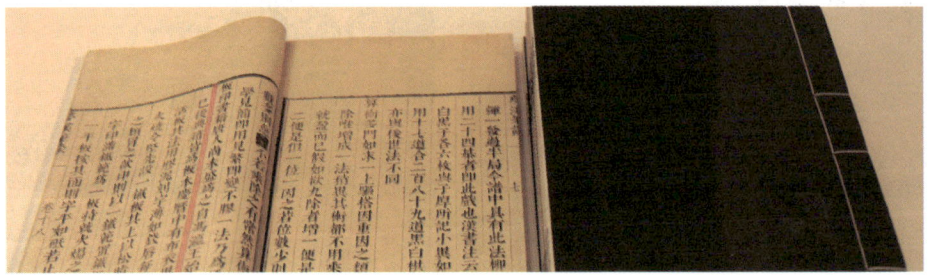

唐代词

　　词是一种配合新兴音乐的诗体，又称"曲子词""琴趣""乐府""诗余"等，因为词的句式长短不一，因此又有"长短句"之名。

　　词按调填写而成，调有调名，又称"词牌名"。每种词调一般都分为上、下两章，称"上片""下片"，或"上阕""下阕"，还有分为三片、四片的长调。

　　词的形成经历了由民间到文人创作的长期过程，一般认为，词孕育于南北朝后期，产生于隋唐之际，中唐以后文人创作渐多，晚唐五代日趋繁荣。

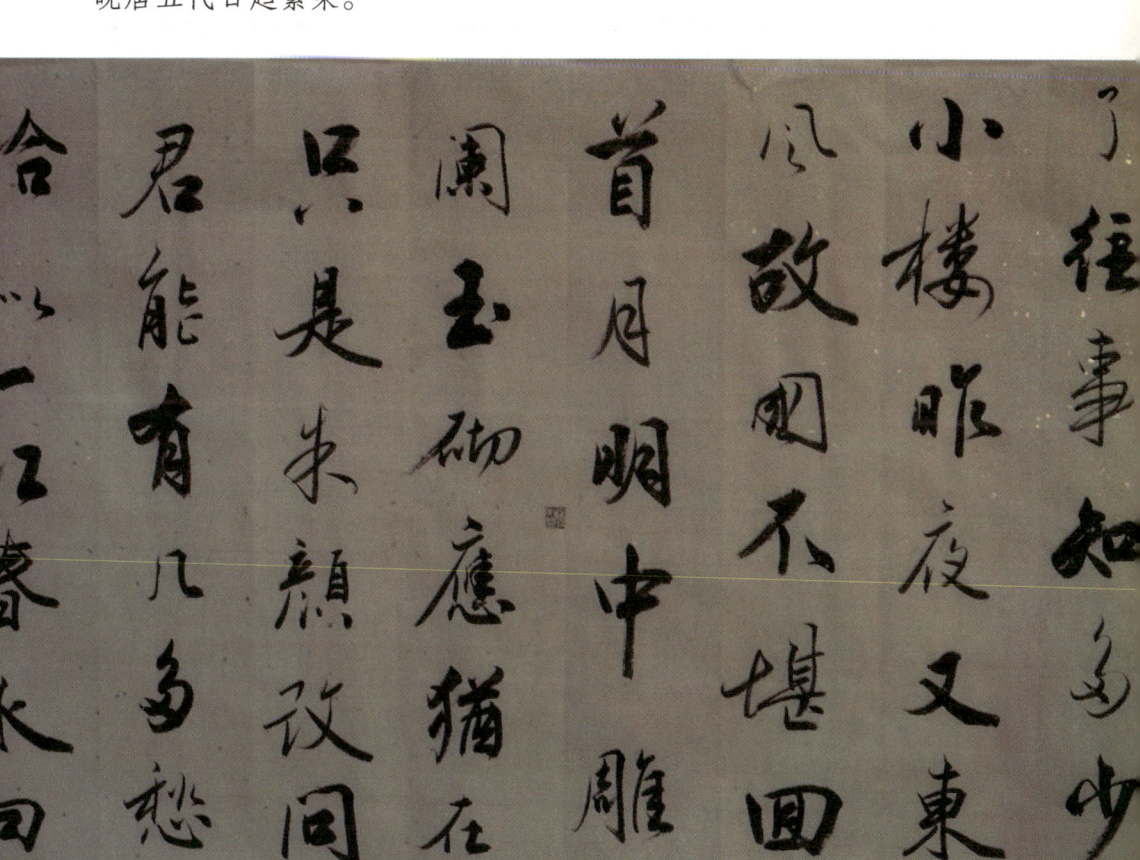

大众性浓郁的敦煌曲子词

在我国文学史上，我们能看到的最早的诗是距今3000年左右的《诗经》，这是我国最早的一部诗歌总集，其内容有"风""雅""颂"3个部分，这是从音乐角度上分的。

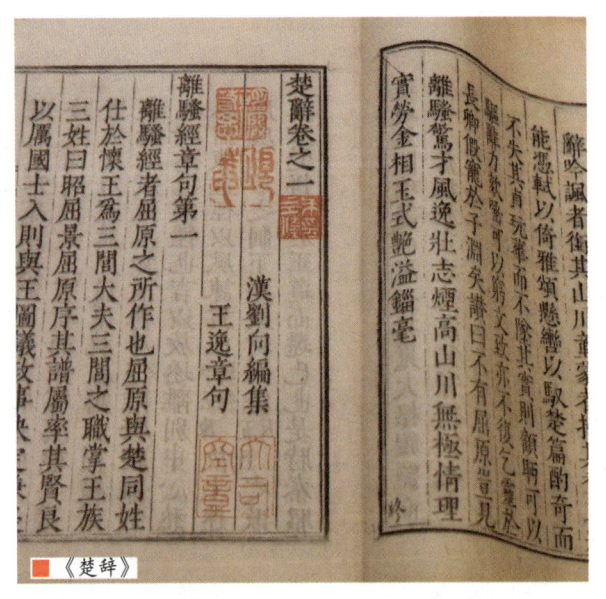

■《楚辞》

继《诗经》之后，公元前4世纪，在楚国出现了一种新的诗体，叫"楚辞"，它的创始人是屈原。后来，汉朝人把屈原、宋玉等人写的作品编成一书，叫《楚辞》。《楚辞》突破了《诗经》的四字句，发展为五言句、七言句，

即把偶字句变为奇字句，不但能更好地表达思想感情，而且韵律和节奏也更富于音乐性。

到了汉代，出现了为配合音乐而歌唱的诗即"乐府诗"。在语言上有四言、五言、杂言，但大多数是五言。

词是一种配合新兴音乐演唱的新诗休，是配合音乐可以歌唱的乐府诗，但它不是直接从汉代的乐府诗中产生与发展起来的。它完全是当时一种新兴的诗歌，在各方面保有自己的特点，并从发展过程中形成自己独立的传统。

隋唐时期的音乐有着3个系统。北宋学者沈括《梦溪笔谈》卷五记载：

自唐天宝十三载，始诏法曲与胡部合奏，自此乐奏全失古法。以先王之乐为雅乐，前世新声为清乐，合胡部者为宴乐。

"雅乐"是汉魏以前的古乐；"清乐"是清商

乐府诗 指由朝廷乐府系统或相当于乐府职能的音乐管理机关搜集、保存而流传下来的汉代诗歌。汉乐府掌管的诗歌按作用主要分为两部分，一部分是供皇帝祭祀祖先神明使用的孝庙歌词；另一部分则是采集民间流传的无主名的俗乐，世人称之为"乐府民歌"。

琵琶 我国传统的弹拨乐器，已有2000多年的历史。最早被称为"琵琶"的乐器大约在秦朝出现。"琵琶"两字中的"珏"意为"二玉相碰，发出碰击声"，表示这是一种以弹碰琴弦的方式发声的乐器。"比"指"琴弦等列"。"巴"指这种乐器总是附着在演奏者身上，和琴瑟不接触人体相异。

曲的简称，大部分是汉魏六朝以来的"街陌谣讴"；"宴乐"即宴会时演奏的音乐，主要成分是西域音乐，是西部各民族的音乐。

远在北魏北周时期，西域音乐已陆续地由印度、中亚细亚经新疆、甘肃传入中原一带。到了隋唐时期，由于国际交通贸易的畅通发达、文化交流的广泛频繁和商业都市的繁荣兴盛，这种"胡乐"便大量传入并普遍流行起来。

"燕乐"就是以这种大量传入的胡乐为主体的新乐，其中包含一部分民间音乐的成分。燕乐是中外音乐交融结合而成的一种新音乐。

词所配合的新兴音乐主要指的就是燕乐。燕乐的主要乐器是琵琶。琵琶是一种弦乐器，共有28调，繁复多变化，在音律上有很大发展，可以用它来创制出无数唯美动听的新鲜乐曲。

燕乐在社会上风行一时，对文人诗歌和民间乐曲

■ 敦煌燕乐表演

发生了很大的影响。词的产生和创作，其大部分就是为配合这种流行的新乐的曲调。配合燕乐曲调填制长短句的歌词，在唐代是比较晚出现的。最早的词是在敦煌莫高窟发现的敦煌曲子词。

敦煌曲子词内容广泛，形式活泼，风格繁富，有鲜明的个性特征和浓郁的生活气息，反映了词兴起于民间时的原始形态。

■ 敦煌莫高窟内的书法作品

敦煌曲子词的内容是相当广泛的，《敦煌曲子词集·叙录》评敦煌曲子词：

> 有边客游子之呻吟，忠臣义士之壮语，隐君子之怡情悦志；少年学子之热望与失望，以及佛子之赞颂，医生之歌诀，莫不入调。其言闺情与花柳者，尚不及半。

敦煌曲子词中最突出的是歌颂爱国统一这一内容的作品，如《菩萨蛮》：

> 敦煌古往出神将，感得诸蕃遥钦仰。效节望龙庭，麟台早有名。
> 只恨隔蕃部，情恳难申吐。早晚灭狼蕃，一齐拜圣颜。

莫高窟 俗称千佛洞，坐落在河西走廊西端的敦煌，它以精美的壁画和塑像闻名于世。它始建于十六国的前秦时期，历经十六国、北朝、隋、唐、五代、西夏、元等历代的兴建，形成如今巨大的规模，是世界上现存规模最大、内容最丰富的佛教圣地。

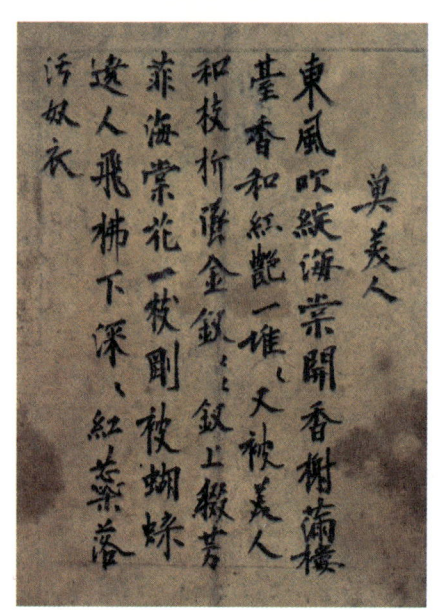

■ 敦煌曲子词

独
特
的
词
作

词作表达了边地军民为国成边、收复国土的爱国情思。再如《望江南》："六绒尽来作百姓，压坛河陇定羌浑。"表现了国家统一、民族和睦的愿望。

敦煌曲子词中反映女性生活和思想的题材最多，成就最高。《抛球乐》是一篇青楼歌伎的"忏悔录"，写一女子被玩弄、被抛弃的遭遇以及因此带来的内心痛苦与事后的追悔。她懊恨自己的真情付出，悔不该不听从姊妹们当初好意地劝诫，下面是她的自述：

珠泪纷纷湿罗绮，少年公子负恩多。当初姊妹分明道，莫把真心过与他。子细思量着，淡薄知闻解好么？

自述诚挚深切，动人心扉。其感受之真、体味之切、语意之痛，唯有此中人才有这般诉说。

《望江南》也是闺中怨歌，想起"负心人"，就抑制不住内心的苦恨，"多情女子负心汉"，是古代民间的一个常见主题。这首词的构思新颖别致，增加了抒情的艺术表现力：

天上月，遥望似一团银。夜久更阑风渐紧，为奴吹散月边云，照见负心人。

《菩萨蛮》唐教坊曲，后用为词牌。唐宣宗大中年间，女蛮国派遣使者进贡，她们身上披挂着珠宝，头上戴着金冠，梳着高高的发髻，号称"菩萨蛮队"，当时教坊就因此制成《菩萨蛮曲》，于是后来《菩萨蛮》成了词牌名。

又如《菩萨蛮·枕前发尽千般愿》写的是一位恋人向其所爱者的陈词。为了表达对爱情的坚贞不渝，词中使用了一连串精美的比喻立下爱情誓言：

枕前发尽千般愿，要休且待青山烂。
水面上秤锤浮，直待黄河彻底枯。
白日参辰现，北斗回南面。休即未能
休，且待三更见日头。

这首词无论从思想内容与表现手法上都与汉乐府《上邪》一脉相承，表现男女青年追求自主真诚爱情的决心，具有震撼人心的力量。

敦煌曲子词不仅题材广阔，内容丰富，同时在艺术上也保留了民间作品那种质朴与清新的特点，风格也较为多样。正是这种流传在下层人民中间的民间词哺育了文人，促进了文人词的创作和发展。同时，在敦煌发现的曲子词里，还保存下一些在现存唐代文人

《上邪》 汉乐府民歌中的一首情歌，是女主人公忠贞爱情的自誓之词。女主人公自"山无陵"一句以下连用五件不可能的事情来表明自己生死不渝的爱，深情奇想。《上邪》情感真挚，气势豪放，表达欲突破封建礼教的女性的真实情感，被誉为"短章中神品"。

■《折杨柳》图

词中很少见的长调。

敦煌曲子词风格豪迈婉曲兼备，调式小令慢词皆有，都以明快质朴、刚健清新为基调。敦煌曲子词富有生活情趣，比喻生动丰富，语言爽直俚白，如《鹊踏枝·叵耐灵鹊多谩语》：

叵耐灵鹊多谩语，送喜何曾有凭据？几度飞来活捉取。锁上金笼休共语。

比拟好心来送喜。谁知锁我在金笼里。欲他征夫早归来。腾身却放我向青云里。

词的上片是少妇语，下片是灵鹊语。全词纯用口语，模拟心理，得无理而有理之妙，体现了刚健清新、妙趣横生的艺术特色。

上片在于表明少妇的"锁"，下片在于表明灵鹊的要求"放"，这一"锁"一"放"之间，已具备了矛盾的发展、情节的推移、感情的流露、心理的呈现、形象的塑造。

阅读链接

莫高窟俗称"千佛洞"，坐落在河西走廊西端的敦煌，它始建于十六国的前秦时期，历经十六国、北朝、隋、唐、五代、西夏、元等历代的兴建，形成巨大的规模。莫高窟有400多个洞窟，里面有大面积的壁画和4000多件泥质彩塑以及5万多件古代文物，是名副其实的艺术宝库。

敦煌曲子词就是在敦煌莫高窟中发现的艺术瑰宝。学者王重民于1934年在法国国家图书馆整理敦煌遗书，集录曲子词213首。经过校补，去掉重复的51首，编成《敦煌曲子词集》。

收录敦煌卷子中清理的唐五代词曲161首。上卷为长短句，中卷为唐人写本《云谣集杂曲子》，下卷为乐府。《敦煌曲子词集》成为研究敦煌词的重要参考资料。

中唐时文人作词之风渐开

  民间曲子词生动活泼，很快在民间兴起，中唐的一批诗人留意了这种新生文体，开始在民间词的基础上进行新的尝试。韦应物、戴叔伦、张志和、王建、白居易、刘禹锡等人竞相试作，作词之风气渐开，他们所用词牌不多，全是小令。

  韦应物因出任过苏州刺史，世称"韦苏州"。他擅长作诗，其诗风恬淡高远，以写景和隐逸生活著称。韦应物的词有《调笑令·胡马》两首，其中《调笑令·胡马》如下：

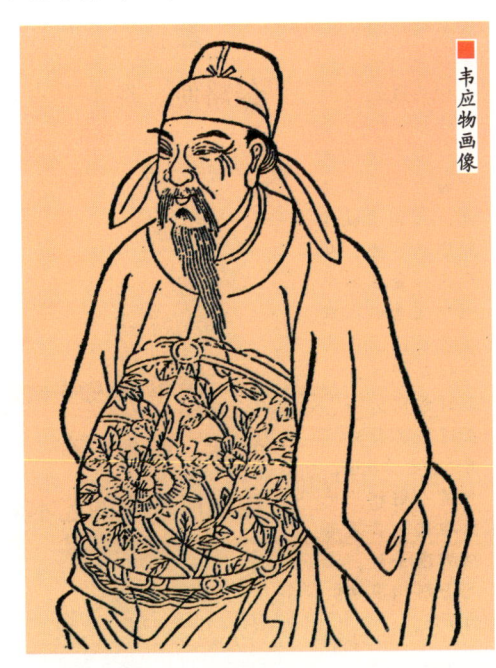

■ 韦应物画像

  胡马，胡马，远放燕支山下。跑沙跑雪独嘶，

■ 戴叔伦画像

道士 信奉道教教义并修习道术的教徒的通称。道士作为道教文化的传播者，又以各种带有神秘色彩的方式布道传教，为其宗教信仰尽职尽力，从而在社会生活中也扮演着引人注目的角色。道士之称始于汉朝，当时意同方士。在道教典籍中，男道士也称乾道，女道士则相应地称坤道。黄冠专指男道士时，女道士则相应地称为女冠。

东望西望路迷。迷路，迷路，边草无穷日暮。

　　这首小令运用象征的手法，表现离乡远戍的士卒的孤独和惆怅。作者以清晰的线条、单纯的色调，描绘了边地辽阔的草原风光和彷徨在这奇异雄壮的大自然中的胡马的形象。语言浅直而意蕴深曲。

　　这首词笔意回环，音调宛转。它不拘于马的描写，而意在草原风光；表面只咏物写景，却处处蕴含着饱满的激情。

　　戴叔伦，曾任新城令、东阳令、抚州刺史、容管经略使。晚年上表自请为道士。他主张：

　　诗家之景，如蓝田日暖，良玉生烟，可望而不可置于眉睫之前也。

　　简单来说就是戴叔伦要求诗中写景要有韵致，有余味。戴叔伦有一首《调笑令》词可见出他追求情景相融所产生的艺术效果。

　　边草，边草，边草尽来兵老。山南山

北雪晴，千里万里月明。明月，明月，胡笳一声愁绝。

　　这首边塞词抒写了久戍边陲的士兵冬夜对月思乡望归的心情。词借助草、雪、月、笳等景物来写征人的心情，也表露了作者对征人的深切同情，情在景中，蕴藉有味。

　　张志和所作的《渔父歌》，《全唐诗》调名作渔父。《花间集》收录时，把调名变更为《渔歌子》，共5首，抒写自然山水美景和自己的闲淡情趣。其中一首《渔歌子·西塞山前白鹭飞》广为流传：

　　西塞山前白鹭飞，桃花流水鳜鱼肥。青箬笠，绿蓑衣，斜风细雨不须归。

　　寥寥几笔描绘出一幅色彩鲜明的南国水乡图。这组词和者甚众，据说连日本嵯峨天皇也有和作。

　　王建，大历年进士，他一生沉沦下僚，生活贫困，有机会接触社会现实，了解人民疾苦，写出了大量优秀的乐府诗。

　　除乐府诗以外，王建擅长写《宫词》。他写有《宫词》百首，以白描见长，突

《渔父图》

破前人抒写宫怨的窠臼，广泛地描绘宫禁中的宫阙楼台、早朝仪式、节日风光，以及君王的行乐游猎、歌伎乐工的歌舞弹唱、宫女的生活和各种宫禁琐事，犹如一幅幅风俗图画。

王建的一首宫词《宫中调笑·团扇》很有代表性。全词如下：

团扇，团扇，美人病来遮面。玉颜憔悴三年，谁复商量管弦。弦管，弦管，春草昭阳路断。

王建还写过《宫中三台》和《江南三台》等小令。在中唐文人词作者中，他占有十分重要的地位。

元和年间之后，文人作词者更多，其中以白居易和刘禹锡最为著名。

如白居易的《忆江南》三首之一：

江南好，风景旧曾谙。日出江花红胜火，春来江水绿如蓝，能不忆江南？

词是以白描的手法写景言情，色彩明丽。白居易还

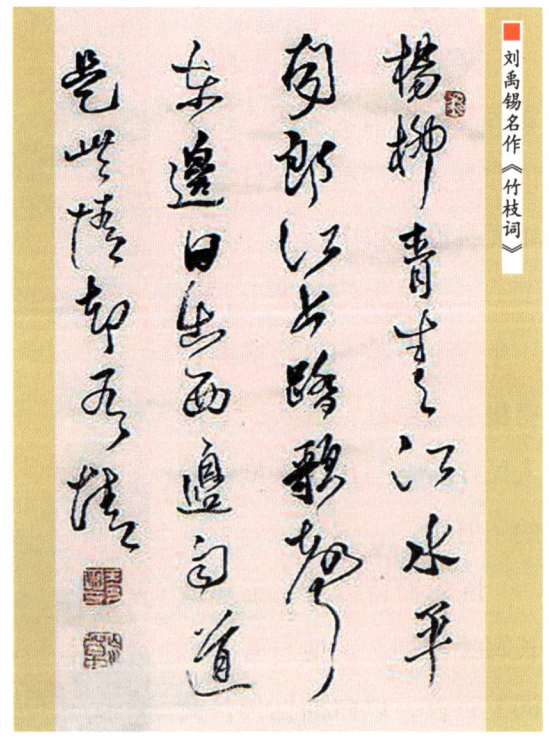

刘禹锡名作《竹枝词》

写有一首《长相思》：

汴水流，泗水流，流到瓜洲古渡头，吴山点点愁。

思悠悠，恨悠悠，恨到归时方始休，月明人倚楼。

全词既有民间曲子词的真挚生动，又避免了其粗疏俚直。全词以"恨"写"爱"，用浅易流畅的语言、和谐的音律，表现人物的复杂感情。

特别是那一派流泻的月光，更烘托出哀怨忧伤的气氛，增强了艺术感染力，显示出这首小词言简意富、词浅味深的特点。

刘禹锡的《竹枝词》《浪淘沙》等师法民间，清新活泼，亦诗亦词。《竹枝词》共九首，其一为：

白帝城头春草生，白盐山下蜀江清。
南人上来歌一曲，北人陌上动乡情。

而《忆江南》："春去也，多谢洛城人。弱柳从风疑举袂，丛兰裛露似沾巾。独坐亦含颦。"不再咏调名本意，在意境上更加词化。

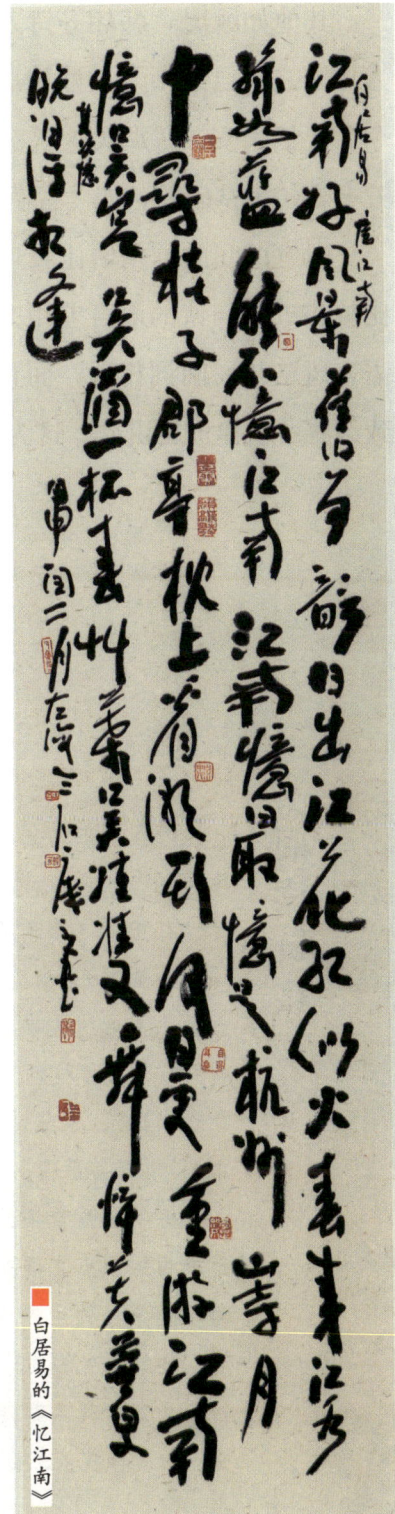

白居易的《忆江南》

其他如顾况、韩翃等诗人也都有词作传世，这可以证明，盛中唐人作词之风已经渐开。盛中唐词的词牌很有限，常有的也就是《一七令》《忆长安》《调笑》《三台》等十几个，还有一些词牌是以整齐五七言句为基础的，如《菩萨蛮》《清平乐》等。

中唐期间的词用语比较口语化，诙谐生动，与民间词的语言风格比较相近，与诗的语言差距大，有向民间词学习的痕迹。中唐词不但语言风格与民间词相近，而且思想内容也比较接近，不过艺术上更精致细腻，格律上更讲究，这为晚唐词的成熟做出了贡献。

阅读链接

文人词的作品，最早的著作权记录在天才李白名下。今传为李白的词作，且不论其真伪及是否可归入词体，共有20余首。其中有《尊前集》收录《连理枝》1首、《清平乐》5首、《菩萨蛮》3首、《清平调》3首，计12首。南宋邵博《邵氏闻见后录》卷十九收录《忆秦娥》1首；明卓人月《古今词统》卷一收录《竹枝词》2首；明周瑛等《词学筌蹄》卷五收录《长相思》1首；清程洪等《记红集》卷一收录《秋风清》1首。其中的1首《菩萨蛮》和1首《忆秦娥》被誉为"百代词祖"。

关于这两首词的著作权是否归属于李白，争议颇多。认为是李白的观点主要是以为唯有李白这样的才气才写得出来；认为不是李白的主要观点是以为这两首词艺术上太成熟，比晚些时间的词作者的词作更成熟，有点"超越时代"。

双方的观点都是"凭感觉"，并无多少说服力，所以这两首词的著作权依然存疑。

晚唐词的发展与走向成熟

在晚唐和五代时期，词得到了很大的发展。晚唐时期，词人的主要代表人物是温庭筠和韦庄；五代时，词有两个创作中心，一个是前、后蜀，也可以称为"西蜀"；另一个是南唐。

温庭筠富有才气，文思敏捷，每入试，押官韵，八叉手而成八韵，所以也有"温八叉"之称。

温庭筠是第一个大量写词的人，也是彻底体现词的"诗余"特征的词作者。他精通音律，"能逐弦吹之音，为侧艳之词"。

他是花间词派中词写得最好的文人，因此，赵崇祚编纂的《花间集》把他列为首位。从某种意义上说，以小令写柔情、艳情的婉约传统，正是

温庭筠画像

独
特
的
词
作

■ 温庭筠的书法作品

韵律 诗词术语，指诗词的平仄格式和押韵规则。大致包括三个方面：一是平仄，主要是讲究平声和仄声的协调；二是对偶，诗词中一般是句对；三是押韵，指同韵的字在适当的地方，有规律地重复出现。在诗词写作特别是格律诗写作时平仄、对偶和押韵运用得好，运用得自然，使诗词作增强音乐感，呈现韵律美。

由温庭筠奠定的。

温庭筠的词题材非常狭窄，词的内容都是写男女思慕或离愁别绪的情感，如《女冠子》写女道士艳情；《定西蕃》《蕃女怨》写戍妇念征夫；《荷叶杯》写采莲女的采莲生活和相思。

温庭筠词作有六七十首，所含曲调达19种，其中如《诉衷情》《荷叶杯》《河传》等，句式变化大，节奏转换快，与诗的音律差别很大，必须熟悉音乐，严格地"倚声填词"。看看这首《河传》：

湖上，闲望。雨萧萧，烟浦花桥路遥。谢娘翠娥愁不销，终朝，梦魂迷晚潮。

荡子天涯归棹远，春已晚，莺语空肠断。若耶溪，溪水西，柳堤，不闻郎马嘶。

这首词句式参差，节奏多变，韵脚频转，与诗的节奏韵律是完全不同的。词的艺术个性特征在温庭筠这儿已经充分形成。清学者陈廷焯《白雨斋词话》曾说："《河传》一调，最难合拍，飞卿振其蒙，五代而后，便成绝响。"

《菩萨蛮》14首被认为是温庭筠的代表作，其中《菩萨蛮·小山重叠金明灭》如下：

■ 温庭筠诗意图

　　小山重叠金明灭，鬓云欲度香腮雪。懒起画娥眉，弄妆梳洗迟。

　　照花前后镜，花面交相映。新帖绣罗襦，双双金鹧鸪。

　　这首词以浓丽细腻的笔调描画了一个慵懒娇媚的女子晨起梳妆的情景，末句以"双双金鹧鸪"反衬女子的孤单，含蓄曲折。词调两句一转韵，平仄对转，节奏纡徐回环，是极其成熟的词作。

　　晚唐另一位影响巨大的词人是韦庄。韦庄59岁时进士及第，官至补阙。他的作品早期以诗为主，而晚期以词为主，写下了大量的词作。他作的词与温庭筠不同，温庭筠的词恣意为"艳侧之词"，是欢场的作品。而韦庄词则开了士大夫自抒情怀的局面，他的词没有了华丽的辞藻、没有了晦涩的意象、没有了曲折的结构，用词遣语也清新自然，不是一味浓丽，呈现了新的面貌，相比之下，韦庄的词对后世文人词的影响更大。

　　韦庄的词作最被人称道的代表作是《菩萨蛮》：

人人尽说江南好，游人只合江南老。春水碧于天，画船听雨眠。

垆边人似月，皓腕凝霜雪。未老莫还乡，还乡须断肠。

洛阳城里春光好，洛阳才子他乡老。柳暗魏王堤，此时心转迷。

桃花春水渌，水上鸳鸯浴。凝恨对残晖，忆君君不知。

词中将漂泊之感、亡国之痛、思乡之情交融浓缩，以浅淡之语，表达深沉之情。晚唐"温韦"时期，标志着词的充分成熟。韦庄把词带进了蜀地，开启了"西蜀词"的局面。而"温韦"的词又直接影响了"南唐词"。完全可以说，五代词是晚唐词的延续和发展。

阅读链接

温庭筠曾经常出入令狐绹相府中，并受到了相国令狐绹很好的招待。当时唐宣宗喜欢曲词《菩萨蛮》，令狐绹暗自请温庭筠代己新填《菩萨蛮》词以进献给皇上看。令狐绹嘱咐温庭筠千万不要将这件事泄露出去，而温庭筠却将此事传了开来，令狐绹大为不满。

唐宣宗赋诗，上句有"金步摇"，未能对，让未第进士对之，温庭筠以"玉条脱"对之，唐宣宗很高兴，予以赏赐。令狐绹不知"玉条脱"之说，问温庭筠。

温庭筠告诉他出自《南华经》，并且说，《南华经》并非僻书，相国公务之暇，也应看点书。

言外之意是说令狐绹不读书，又曾对人说"中书省内坐将军"，讥讽令狐绹无学，令狐绹因此更加恨温庭筠。令狐绹抓住机会上奏温庭筠有才无行，不宜与第。由此温庭筠一直未中第，不仅不第，温庭筠还落下了品行不好的坏名声。

北宋词

进入宋代，词在唐五代的基础上迅速发展，创造了两宋词坛的繁荣。唐五代词一般都是小令，篇幅短小，题材狭窄，内容单一，进入宋代后，词的篇幅加长，演变为慢词，题材一再扩大，内容也丰富起来。

北宋时期词的创作情况可分为两个时期：北宋前期和北宋中后期。北宋前期，富贵闲情词较为流行，较多地因袭了唐和五代文人词风，但因袭中又突显清新的革新之气，代表词人是范仲淹、王安石、柳永等人。

宋代中后期，以苏轼、周邦彦为代表的词人，在词的创作上取得了巨大的成就，特别是苏轼的创作使词成为一种独立的诗体，标志着宋体词的成熟。

薄暮来孤镇
登晾憶武侯
峥嵘依绝壁
蒼莽瞰奔流
半夜人呼急
横空火箭浮
天遲珠不辨
風急已难收
曉入陳倉縣
猶餘賣酒樓
煙煤已狼藉
吏卒尚呀咻

婉约典丽的北宋前期小令

■ 晏殊画像

北宋初期，词的风格依然是前朝的风貌，但在旧风貌中却酝酿着新的生机。有名的词人有晏殊、范仲淹、欧阳修、张先、柳永等。

晏殊和欧阳修受南唐词人冯延巳的影响较大，善以短章小令抒写艳情闲愁、离情别绪或优雅情趣，二人齐名，号称"晏欧"。

他们的创作代表了北宋前期词风的基本倾向。另外，晏殊有个幼子叫晏几道，同样擅长小令，词风婉丽。

晏殊，少年时有神童之誉，长大后，长期身居朝廷显要，官至宰相。晏殊在文学上有多方面的成就和贡献。

他能诗、善词，文章典丽，同时又精于书法，而以词最为突出，他的《珠玉词》存词140首，数量上大大超过了北宋初年的词作家。

晏殊的词吸收了南唐"花间派"和冯延巳的典雅流丽词风，开创了北宋婉约词风，被称为"北宋倚声家之初祖"。

晏殊的词题材上以相思别怨为主，词调上采用小令形式，通过自然景物、季节变化的描写来抒写人物内心的感受，流露出一种生命有限、时光流逝的忧伤。他的名词《浣溪沙·一曲新词酒一杯》：

一曲新词酒一杯，去年天气旧亭台，夕阳西下几时回？

无可奈何花落去，似曾相识燕归来，小园香径独徘徊。

另一篇《浣溪沙·一向年光有限身》：

一向年光有限身，等闲离别易销魂，酒筵歌席莫辞频。

满目山河空念远，落花风雨更伤春，不如怜取眼前人。

■ 晏殊《浣溪沙》

婉约词 词的一种流派，这一类词修辞婉转、表现细腻。在取材上，多写儿女之情、离别之情；在表现手法上，多用含蓄蕴藉的方法表现情绪，其风格是绮丽的。婉约词的代表人物有柳永、李清照等。

■ 晏几道词意图

词中蕴含着含蓄的淡淡的哀愁，但又透着一种达观思想：既然时光流逝、人生无常是人类无可奈何的共同悲剧，那么何妨达观面对世事人生，或去"怜取眼前人"，或予年年回归的燕子以一种"似曾相识"的亲切，领悟宇宙循环的永恒。

晏殊善于以淡雅之笔写富贵之态，以清新之笔写男女之情，显得神清气远、蕴藉雅健。他曾自诩道："余每吟富贵，不言金玉锦绣，而惟说其气象……如'梨花院落溶溶月，柳絮池塘淡淡风'之类是也。"

晏几道，著名词人，晏殊第七子。历任颍昌府许田镇监、乾宁军通判、开封府判官等。他的词风哀感缠绵、清壮顿挫，词技巧圆熟，如他的《鹧鸪天·彩袖殷勤捧玉钟》：

彩袖殷勤捧玉钟，当年拚却醉颜红。舞低杨柳楼心月，歌尽桃花扇底风。

从别后，忆相逢，几回魂梦与君同。今宵剩把银釭照，犹恐相逢是梦中。

全词不过才五十几个字而已，却能造成两种境界，互相补充配合，或实或虚，既有彩色的绚烂，又有声音的谐美，其情其语就像一片水晶，晶莹天然，不假外装。

晏几道的词风浓挚深婉，工于言情，既有其父晏殊词风的清丽婉曲，语多浑成；又比晏殊词沉挚、悲凉。特别是在言情词上，更优于其父晏殊。

由于社会地位和人生遭遇的不同，晏几道词作的思想内容比晏殊词要深刻得多。其中有不少同情歌伎舞女命运、歌颂她们美好心灵的篇章。也有关于个人情事的回忆和描写。通过个人遭遇的昨梦前尘，抒写人世的悲欢离合，笔调感伤，凄婉动人。在有些作品中，表现出不合世俗、傲视权贵的态度和性格。

晏几道的《小山词》是具有鲜明个性的抒情小令。工于言情，但很少尽情直抒，多出之以婉曲之笔。《小山词》虽走其父晏殊词的婉约传统，却创造出新的艺术世界。

总体上看，晏几道的词艳而不俗，浅处皆深，将艳词小令，从语言的精度和情感的深度两个层面上发展到极致。

欧阳修，自幼家境贫寒，后通过自己的努力进入仕途。欧阳修博学多才，诗、词、文俱佳。

与晏殊相比，欧阳修的词作情感要更为深刻，风格缠绵悱恻，其中不乏警句名言。他的名词《蝶恋花》中"庭院深深深几许""泪眼问花花不语，乱红飞过秋千去"的名句，令后人赞赏不已。

欧阳修有的词作写得很浅、很俗，完全采用市井女子的口头语描写男女艳情，基调却不是悲伤之情，而是更多的带有欢快、浪漫乃至戏剧化的色彩，如《醉蓬莱·见羞容敛翠》等。

欧阳修借四处做官的机会徜徉和体悟自然山水，在面对人生的苦难和

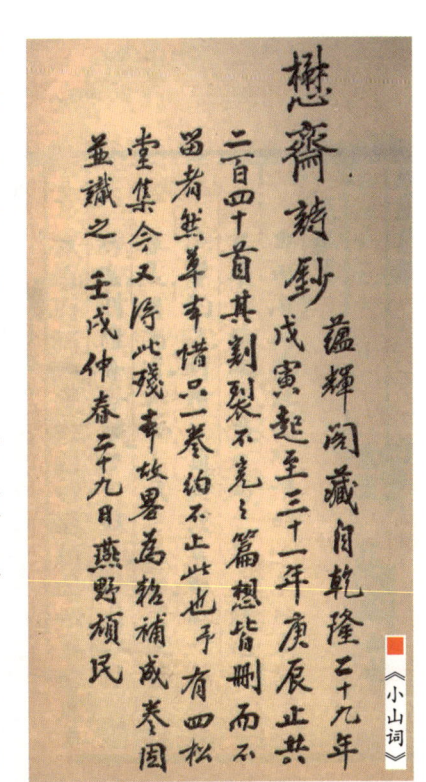

《小山词》

和生命的追问时，也更善于借用自然的种种美好事物自我解脱。他借鉴民歌手法创作的咏西湖的《采桑子》就体现了这种特点。

群芳过后西湖好，狼籍残红。飞絮濛濛，垂柳阑干尽日风。
笙歌散尽游人去，始觉春空。垂下帘栊，双燕归来细雨中。

欧阳修的词对后世影响较大，清代学者冯煦《蒿庵论词》评论他说："欧阳文忠词与晏元献同出南唐，而深致则过之。疏隽开子瞻，深婉开少游。"

意思是欧阳修词中的疏隽之气对苏轼有启发之意，凄楚婉约之风又对秦观的词有重大影响。

阅读链接

一次，晏殊路过扬州，在城里走累了，就到一座庙里休息。他看见墙上写了好些题诗，就让随从给他念墙上的诗。晏殊听了一会儿，觉得有一首诗写得挺不错，就问："哪位写的？"

随从回答说："写诗的人叫王琪。"

晏殊就叫人去找这个王琪。

王琪被找来了。晏殊跟他一聊，挺谈得来，就高兴地请他吃饭。俩人吃完饭，一块儿到后花园去散步。这会儿正是晚春时候，满地都是落花。晏殊看了，猛地触动了自己的心事，对王琪说："我有个上句，您看可否对个下句？"

说完，晏殊就念了一句："无可奈何花落去。"王琪听了，马上就说："您可以对'似曾相识燕归来'。"

晏殊一听，拍手叫好，后来晏殊写了一首词《浣溪沙》，里边就用上了这副联语。

柳永开启北宋词新境界

北宋前期，除了晏殊和欧阳修以短章小令抒写艳情闲愁、离情别绪外，尚有一批词人别具情怀，显出了宋词的新变，这批代表词人有范仲淹、张先、王安石、柳永，其中柳永取得的成就最大。

范仲淹是著名的军事家、政治家，官至副宰相。他了解民间疾苦，深知宋王朝在政治、经济、军事等方面存在的问题，主张革除积弊，但没能实现。范仲淹的词仅存5首，却加入了新鲜的内容，以博大的胸怀开放意境，如《渔家傲·塞下秋来风景异》：

范仲淹画像

塞下秋来风景异，衡阳雁去无留意。四面边声连角起，

千嶂里，长烟落日孤城闭。

浊酒一杯家万里，燕然未勒归无计。羌管悠悠霜满地，人不寐，将军白发征夫泪。

此词描摹了边塞雄阔风光和征人报国情怀，词风苍凉悲壮，开启了豪放派的先河。

张先，曾任安陆县的知县，因此人称"张安陆"。他的小令与晏殊、欧阳修并称，慢词又与柳永齐名。张先一生醉心风月，特别喜欢用"影"字来表现自然景物的朦胧与神韵，因"云破月来花弄影"等名句而获得"张三影"的称号。

张先率先在词中使用题序，打破了传统词作有调无题的定式，加强了词作描写的指向性和细节性，有些题序还标明送、别、赠字样，使词有了像诗歌一样的唱和答的功能。

王安石，其诗文各体皆擅长，词虽不多，但亦擅长，且有名作《桂枝香》等。王安石词的最大变化是开始在词中融入了政治家深沉的历史感悟，如他的《桂枝香》一词在山河胜景中寄托了对六朝兴亡

的反思，写景如画，意境高远。

　　最先真正开始转变北宋词风的是柳永，他取得的成就最大。柳永年轻时参加科举考试，可考了多次都没有考中，心灰意冷的柳永开始频繁与歌伎往来，并深入她们的生活中。后来，他把这些新鲜的生活内容都写进他的词里。

　　50岁左右时，柳永终于考中进士，然后在地方上做了几任小官，但生活依然不如意。

　　柳永的《乐章集》存词200多首。他是北宋以来第一个专业写词的作家，从体制、题材、艺术手法等多方面都给宋词以重大影响。

　　作为一个专业词人，柳永精通音律，能创制词的曲调，在宋词所用的880多个词调中，就有100多个曲调是柳永的首创或第一次使用。

　　在词史上，柳永不仅能创制新曲调，还大力写作慢词，从根本上改变了唐五代以来小令一统词坛的局

■ 张先《十咏图》

科举考试 隋唐至清代的封建王朝分科考选文武官吏及后备人员的制度。隋朝以前采用的是世袭制和九品中正制选拔官员，这些制度导致出身寒门的普通人无法步入仕途，隋朝开始改为科举制，使得任何参加者都有成为官吏的机会。清代科举考试逐渐僵化，被称为八股文，后废除。

独
特
的
词
作

■ 观潮图

面，使小令和慢词两种体式分途共进。

慢词加长了词的篇幅，少则八九十字，多则一两百字，大大扩充了词的容量，也提高了词表现生活、抒情写意的能力。柳永在这方面，功不可没。

正如清代宋翔凤《乐府馀论》所指出的那样："耆卿失意无俚，流连坊曲，遂尽收俚俗语言编入词中，以便使人传习，一时动听，散播四方。其后东坡、少游、山谷辈相继有作，慢词遂盛。"

柳永拓展了词的表现题材，他一度混迹于歌楼，为歌伎们写作歌词，供她们在各种场合为市民大众演唱。歌词反映了市民的爱情生活，写出了平民女性失恋的苦闷和被遗弃的幽怨。

由于柳永主动适应市民大众生活的文艺需求，使他的词作在民间得到广泛传播，以致"凡有井水饮处，即能歌柳词"。

柳永一生漫游过许多城市，对北宋都市的繁华、市民生活的多姿多彩有深切的体会。他的《望海潮·东南形胜》对风景优美、人口繁密、商品丰盛、市民活跃的杭州城市面貌一一做了描绘：

《雨霖铃》词牌名，相传唐玄宗入蜀时因在雨中闻铃声而思念杨贵妃，故作此曲。曲调自身就具有哀伤的成分。宋代柳永的《雨霖铃·寒蝉凄切》最为有名，其中的"多情自古伤离别"一句成为千古流传的名句。

东南形胜，江吴都会，钱塘自古繁华。烟柳画桥，风帘翠幕，参差十万人家。云树绕堤沙。怒涛卷霜雪，天堑无涯。市列珠玑，户盈罗绮，竞豪奢。

重湖叠巘清嘉。有三秋桂子，十里荷花。羌管弄晴，菱歌泛夜，嬉嬉钓叟莲娃。千骑拥高牙。乘醉听箫鼓，吟赏烟霞。异日图将好景，归去凤池夸。

柳永在词的创作内容上注入了新鲜的成分，同时在写作技巧上也作了创新，为词的发展做出了很大的贡献。

为了填写慢词，柳永还发展了一系列的表现手法，如不再像小令那样只写一刹那间的感觉和一景一物，而是开合起伏，铺叙漫衍，使词从单纯的感受发展为复杂的过程，体现了层次结构上的多重性。

柳永善于将叙事、抒情、写景融合在一起，综合表达，尤善于借景抒情。在表现羁旅行役题材时，又尤善于借秋天凄风苦雨之景来抒发失意幽怨之情，使外在画面与内在感情极为谐调。

此外，柳永还善于对景物、心理、动作做具体细腻的描述，善于描写典型的场景和具有戏剧性的瞬间来加强铺叙的效果。如《雨霖铃·寒蝉凄切》：

寒蝉凄切，对长亭晚，骤雨初歇。都门帐饮无绪，留恋处，兰舟催发。执手相看泪

柳永画像

眼，竟无语凝咽。念去去千里烟波，暮霭沉沉楚天阔。

多情自古伤离别，更那堪，冷落清秋节。今宵酒醒何处？杨柳岸，晓风残月。此去经年，应是良辰好景虚设。便纵有千种风情，更与何人说？

词作使用了铺叙的手法，它与比兴、抒情互相结合，起到了相得益彰的作用，既写出了离别的背景、过程、场面，又写出离别时与离别后的凄切、怀念、苦闷，层次繁复而分明；又时而由景生情，时而化情为景，达到了情景的高度结合，还能刻画出"执手相看泪眼"等一系列细节，点染烘托。

柳永是一个将雅俗两种创作风格结合起来的作家，在词的领域里进行了多方面有益的探索，对宋词的发展起到了极大的推动作用。

阅读链接

柳永于1017年赴京赶考，没考上。他轻轻一笑，填词道："富贵岂由人，时会高志须酬。"

5年后，柳永又没考上，他便写了一首《鹤冲天》："黄金榜上，偶失龙头望。明代暂遗贤，如何向？未遂风云便，争不恣狂荡？何须论得志。才子词人，自是白衣卿相。烟花巷陌，依约丹青屏障。幸有意中人，堪寻访。且恁偎红倚翠，风流事，平生畅。青春都一响。忍把浮名，换了浅斟低唱。"

这首词最后传到了宫里。当时的皇帝宋仁宗一听大为恼火。又过了3年，柳永再次参加考试，终于以他出众的才华通过了。但临到皇帝圈点放榜时，宋仁宗看到柳永的名字，想起了他那首《鹤冲天》，就在旁批道："且去浅斟低吟，何要浮名？"又把他的名字勾掉了。柳永知道后只好自我解嘲说："我是奉旨填词。"

苏轼纵横捭阖开创豪放派

苏轼生活在北宋中后期，词发展到苏轼手里，气象更是宏伟广阔，风格也发生了急剧的变化。他是继柳永之后，对词的发展起到了极大的推动作用的另外一位重量级人物。

苏轼年轻时勤奋读书，21岁时就中了进士，接着便进入官场，但是他在官场上一直不顺利，他的性格乐观、旷达，接受了生活中的一切变故，内心安然坦荡，在坎坷中度过了一生。

苏轼是北宋词坛的大革新家，他的词从内容到风格都做了前所未有的改变。从花间词开始，一直到柳永，词始终没有脱离描写男女之情的范围。苏轼打破了这个

苏轼画像

独特的词作

■ 苏轼画像

狭隘的传统，他写词所选择的题材大大扩大了，可谓"无意不可入，无事不可言"。

在苏轼的词里，怀古、送别、言志、旅怀、乡村、悼亡、闲适、风景等题材，都有其踪迹。可以这样说，凡是诗歌中可以表现的题材，在苏轼的词里也完全可以表现，达到了与诗几乎相等的程度。

在苏轼众多的题材中，以三个方面成就最高。一是抒情词。苏轼不但写传统的情词，更进而直接抒发自己的从政之情、爱国之情、怀古之情及广泛的人伦之情。

在《沁园春·赴密州早行》中，他抒发了自己"致君尧舜"的远大抱负和失意后"袖手何妨闲处看"的旷达态度。

在《江城子·密州出猎》中，他以汉之魏尚自比，希望朝廷能不计小过，给他到西北前线建功立业的机会，强烈表达了自己抗敌御侮的爱国赤诚和豪迈精神。而在《念奴娇·赤壁怀古》中又抒发了自己深远的怀古之情。

在《水调歌头·明月几时有》《木兰花令·次欧公西湖韵》等词中，又广泛地抒发了朋友、兄弟、师生之间的人伦之情。特别是《江城子》所抒发的夫妻之情令人感同身受：

十年生死两茫茫，不思量，自难忘。
千里孤坟，无处话凄凉。纵使相逢应不

识，尘满面，鬓如霜。

夜来幽梦忽还乡。小轩窗，正梳妆。相顾无言，唯有泪千行。料得年年肠断处，明月夜，短松冈。

苏轼写了大量的咏物词，他写的咏物词不但数量多，有30余首，而且水平之高超过同代词人，不但重形似描写，而且尤重神似描写；不但能写出物象，而且能写出寄托。如《卜算子》：

缺月挂疏桐，漏断人初静。谁见幽人独往来？缥缈孤鸿影。

惊起却回头，有恨无人省。拣尽寒枝不肯栖，寂寞沙洲冷。

苏轼还写有农村词。宋代文人极少有真实地描写

《水调歌头》

词牌名。上下阕，95字，前后片各四平韵。也有前后片两六言句夹叶仄韵者。相传隋炀帝开汴河时曾制《水调歌》，唐人演为大曲。大曲有散序、中序、入破三部分，"歌头"为中序的第一章。

■ 苏轼手迹

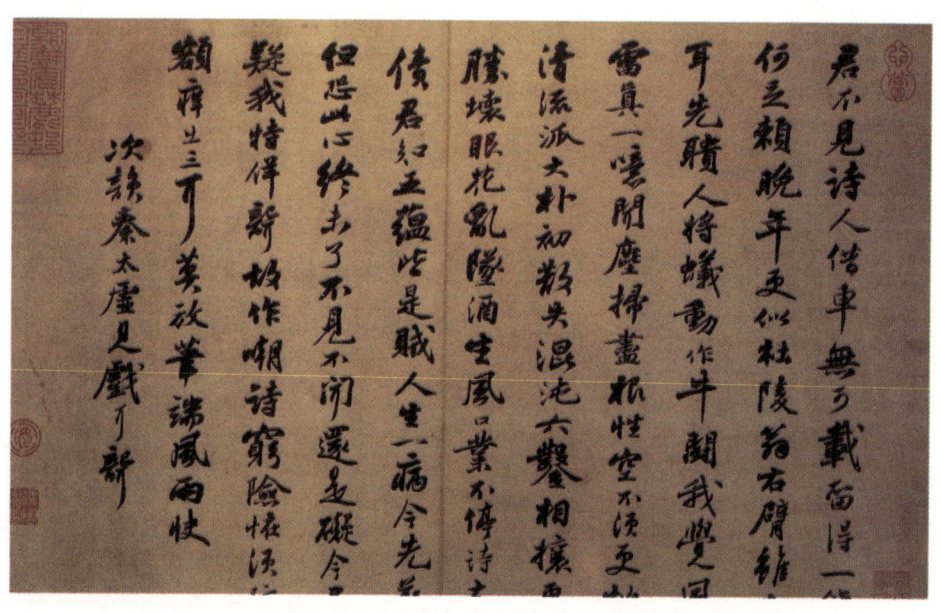

独
特
的
词
作

■ 苏轼画像

农村生活与农民形象的词，苏轼突破了这一局限。他在徐州所作的组词《浣溪沙》5首，是这一题材的代表作。它写到了农民形象、劳动生活、农村风俗、农村风光，以及自己对农村生活的真心向往。

在苏轼之前，词以婉约为主，但苏轼的词彻底改变了这种风格，他根据自我抒情的需要，大胆地变革词风，将充沛激昂、悲壮苍凉的感情融入词中，于是，与此前完全不同的一批豪放词诞生了。

苏轼善于在写人、咏景、状物时以慷慨豪迈的形象、飞动峥嵘的气势、阔大雄壮的场面取胜，音调也由缓拍慢节变成了强音促节，他的《念奴娇·赤壁怀古》是宋代豪放词中最杰出的代表作之一：

豪放 这里指的是豪放派。豪放派是宋词风格流派之一。北宋诗文革新派作家如欧阳修、王安石、苏轼、苏辙都曾用"豪放"一词衡文评诗。第一个用"豪放"评词的就是苏轼。南宋人已明确地把苏轼、辛弃疾作为豪放派的代表人物，以后遂相沿用。

大江东去，浪淘尽，千古风流人物。故垒西边，人道是，三国周郎赤壁。乱石穿空，惊涛拍岸，卷起千堆雪。江山如画，一时多少豪杰。

遥想公瑾当年，小乔初嫁了，雄姿英发。羽扇纶巾，谈笑间，樯橹灰飞烟灭。故国神游，多情应笑我，早生华发。人间如梦，一樽还酹江月。

全词将无限的时空任意驱使笔下，将赞美古之英雄与抒发自己怀才不遇结合起来，感情豪迈而又沉郁，景色画面，豪放雄伟。苏轼词的豪放还表现为结构上的大开大合、情绪上的大起大落，以及词中凝重的历史和人生意识。

苏轼也写有大量的婉约之作，如《水龙吟·次韵章质夫杨花词》《蝶恋花·枝上柳绵吹又少》等，都可说是他婉约词中的佳品。

不仅如此，苏轼的词中还有一些作品兼有豪放与婉约之气，如《八声甘州·寄参寥子》《水调歌头·明月几时有》兼有婉约和豪放之美。其中《水调歌头》这首词是中秋之夜咏月兼怀念弟弟苏辙之作，同样也被人们认为是苏轼词中的杰作：

樽 古代人温酒或盛酒的器皿。酒樽一般为圆形，直壁，有盖，腹较深，有兽衔环耳，下有三足。盛酒樽一般为喜腹，圆底，下有三足，有的在腹壁有三个铺首衔环。盛行于汉晋。据说，苏东坡在一次中秋节饮酒，喝到微醉时，诗兴大发，写下了豪迈悲凉的千古绝唱《水调歌头》。

■ 苏轼《念奴娇·赤壁怀古》

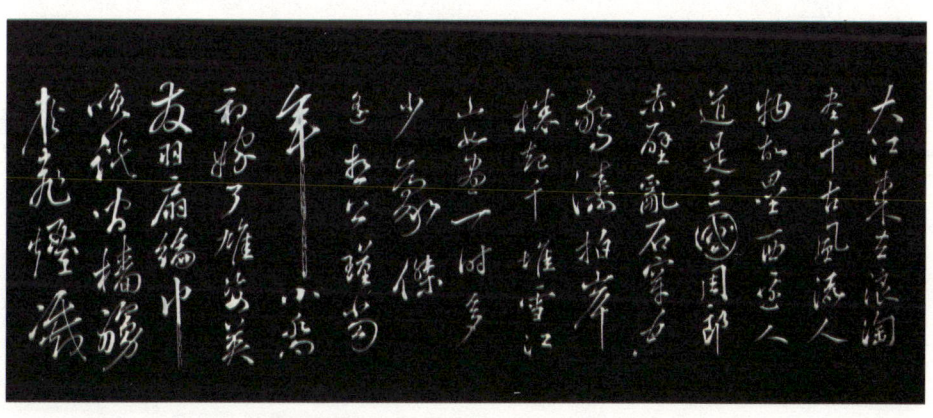

明月几时有？把酒问青天。不知天上宫阙，今夕是何年。我欲乘风归去，又恐琼楼玉宇，高处不胜寒，起舞弄清影，何似在人间。

转朱阁，抵绮户，照无眠。不应有恨，何事长向别时圆。人有悲欢离合，月有阴晴圆缺，此事古难全。但愿人长久，千里共婵娟。

苏轼的词不主一家，风格多样，大大开拓了词的题材、风格和表现手法，宋词的面貌为之焕然一新，苏轼成为我国词史上众人仰慕的一座高峰。南宋时的胡寅在《酒边词序》中说苏轼的词：

一洗绮罗香泽之态，摆脱绸缪宛转之度，使人登高望远，举首高歌，而逸怀浩气，超然乎尘埃之外。于是《花间》为皂隶，而耆卿为舆台矣。

这段话对苏轼词的特点以及他在词史上的地位，作出了十分准确的概括。

阅读链接

苏轼对文艺的见解主要在于求新求变，他认为只有"出新意于法度之中，寄妙理于豪放之外"，才能成为真正的艺术。但他又反对一味只以标新立异为能事，对宋代诗文革新运动中过分的"好奇务新"的"新弊"不断提出批评。

苏轼以前的文人无不把填词看成"谑浪游戏"的诗余小道，如晏殊称之为"呈艺"，欧阳修称之为"聊陈薄技"。

苏轼却把它看成"长短句诗"，后人常用"以诗为词"之类的话来评价苏词，尽管各有褒贬，但都说明苏轼冲破了词的封闭传统，使其与诗进一步靠拢，并成为广义的诗之一体。

进入南宋后，文坛发生了巨大的变化，文学进一步与现实结合起来，词的变化最大，不再像北宋末年那样，一味讲究含蓄浑厚、圆柔婉约，而是在新的环境下成为言志抒情的载体，词的风格也随之丰富，雄壮慷慨、苍凉悲沉者皆有。

南宋词作，有时候是文人墨客间相互酬唱或结词社应酬的结果，正如《介存斋论词杂著》说："北宋有无谓之词以应歌，南宋有无谓之词以应社。"

但南宋词更多的时候是抗战的号角，是服务于现实的工具，也因此感叹世事的词和爱国之词成为南宋词的主流。南宋词人匠心巧运，意内言外，传达曲折心意，亦创造出了别样的辉煌。

再创辉煌

南宋词

杰出的南渡女词人李清照

李清照立像

在北宋与南宋交替的时期，南渡词人成就斐然，其中以女词人李清照的成就最大。她的词作，不仅在古典时代为人们所喜爱，而且至今仍为人们所青睐。

李清照，这位女词人多才多艺，擅长写诗作词，还精通书法绘画。她的词可以分为前后两个时期。李清照经历了南北分裂之乱，在南渡前后，她的词风变化很大。

李清照早年生活比较平静安适，她从小阅读了大量的文学作品，受到良好的文学熏陶，从而养成了较高的文学素养和她聪慧高洁、活泼开朗的

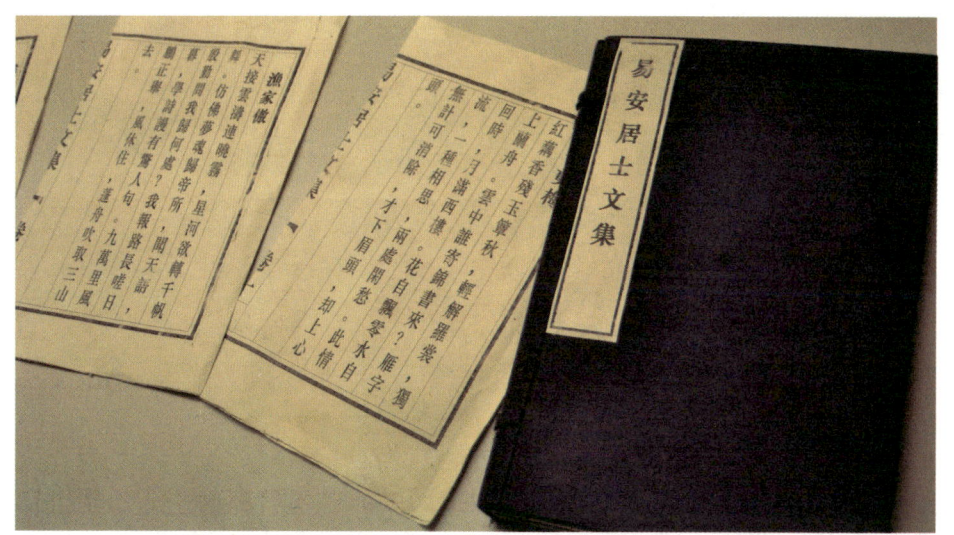

品格。因此，她的早期词作多描写少女、少妇的闺中生活，如《如梦令》《怨王孙》两首词，于轻快活泼的画面中见作者开朗欢乐的心情和轻松悠闲的生活。如《如梦令》词：

■ 李清照作品书影

> 常记溪亭日暮，沉醉不知归路。兴尽晚回舟，误入藕花深处。争渡，争渡，惊起一滩鸥鹭。

这里展示的是包括作家本人在内的一群少女形象，表现了她那种热情活泼、无拘无束、顽皮好胜、憨态可掬的少女的天然情态，在作家恬淡悠闲的回忆里，又蕴含了多少留恋向往的感情。

> 昨夜雨疏风骤，浓睡不消残酒。试问卷帘人，却道海棠依旧。知否？知否？应是绿肥红瘦。

亭　我国传统建筑，多建于路旁，供行人休息、乘凉或观景用。亭一般为开敞性结构，没有围墙，顶部可分为六角、八角、圆形等多种形状。亭子在我国园林的意境中起到很重要的作用。亭的历史十分悠久，但古代最早的亭并不是供观赏用的建筑，而是用于防御的堡垒。

■ 李清照石版画

这是另一首《如梦令》中的一个情感细腻、爱花惜花的清丽优雅的青年女子形象，抒发了作家热爱春天，不忍心春天离去而又无法挽留的复杂心情。

再如《点绛唇·蹴罢秋千》：

蹴罢秋千，起来慵整纤纤手。露浓花瘦，薄汗轻衣透。

见客入来，袜刬金钗溜。和羞走，倚门回首，却把青梅嗅。

几个细节、数件物事、一串动作，就塑造了一个轻盈活泼、妩媚羞涩、天真烂漫的少女形象，可谓妙笔生花。

李清照18岁时，与时年21岁的金石学家赵明诚在汴京成婚。婚后的李清照与丈夫志同道合，诗酒相洽，感情深笃。李清照也少了几分少女的欢快和娇羞，而多了几分少妇的率直和大胆。

她笔下的女主人公形象则更加具备了感情真挚浓烈，才华超拔不群，志趣高洁开阔，格调清新自然的特征。这些抒情女主人公形象，既深溺于夫妻姊妹的爱情亲情，更追求自我精神的广阔发展。

比如《一剪梅·红藕香残玉簟秋》，这是李清照为怀念结婚不久即因故离家远行的丈夫而作的一首抒情小令，它强烈地抒发了对丈夫的深情至爱和天各一方的相思之苦，感情真挚浓烈，格调清新自然，表达率性大胆。

红藕香残玉簟秋，轻解罗裳，独上兰舟。

云中谁寄锦书来，雁字回时，月满西楼。

花自飘零水自流，一种相思，两处闲愁。

此情无计可消除，才下眉头，却上心头。

再如《蝶恋花·晚止昌乐馆寄姊妹》一词：

泪湿罗衣脂粉满，四叠阳关，唱到千千遍。人道山长水又断，萧萧微雨闻孤馆。

惜别伤离方寸乱，忘了临行，酒盏深和浅，好把音书凭过雁，东莱不似蓬莱远。

这首词则以女性所特有的纯真、深沉、委婉和细

秋千 荡秋千是中华大地上很多民族共有的游艺竞技项目。其起源可追溯到几十万年前的上古时代。那时，我们的祖先为了谋生，不得不上树采摘野果或猎取野兽。在攀缘和奔跑中，他们往往抓住粗壮的蔓生植物，依靠藤条的摇荡摆动，上树或跨越沟涧，这是秋千最原始的雏形。

041

再创辉煌

南宋词

■ 李清照画像

腻，表达了对姊妹及故乡的依依难舍之情。

《渔家傲》则突出地表现了她倾诉理想和抱负，期待有所建树的愿望，体现她感情的峥嵘豪迈、眼界的高阔以及心胸的开朗。

《凤凰台上忆吹箫》《一剪梅》等词也都是她的闺情名篇，通过描绘孤独的生活和抒发相思之情，表达对丈夫的深厚感情，宛转曲折，清俊疏朗。

李清照这时的词虽多是描写寂寞的生活，抒发忧郁的感情，但从中可以看到她对大自然的热爱，也坦率地表露出她对美好爱情生活的追求。

在李清照生命的后期，金军侵犯北宋，俘虏了两位北宋的皇帝。李清照的生活与国家的命运一样，遭受了前所未有的灾难。她被迫南渡，不久丈夫病故，家破人亡，成为李词前后期的分界。

国破家亡后政治上的风险和个人生活的遭遇，使她无可避免地陷入了生活的艰难之中，她的性格也失去了前期的开朗，变得越来越忧郁。因而她词中的抒情女主人公形象，由前期的清纯少女和清丽少妇，变成了一个饱经忧患、愁寂哀婉的中老年寡妇。

忧愁由此也成为她后期词作中唯一的主题，而且表现得非常沉痛乃至凄厉，比如《声声慢·寻寻觅觅》：

寻寻觅觅，冷冷清清，凄凄惨惨戚戚。乍暖还寒时候，最难将息。三杯两盏淡酒，怎敌他、晚来风急！雁过也，正伤心，却是旧时相识。

满地黄花堆积，憔悴损，如今有谁堪摘!守着窗儿，独自怎生得黑！梧桐更兼细雨，到黄昏、点点滴滴。这次第，怎一个愁字了得!

一开头就连用14个叠字，把她当时的无限忧愁直白地诉说出来。词人借助诸多具有伤感意味的意象，倾吐出自己绝望、悲哀、眷恋、无奈等复杂的感情，如泣如诉。

李清照另一首《武陵春·风住尘香花已尽》中"只恐双溪舴艋舟，载不动，许多愁"，不造作，不掩饰，让人读后心灵不知不觉颤动不已。

后期写愁，虽多针对亡夫后的悲伤、与流民为伍的漂泊，以及对美好往昔的痛心追恋，但其中包含了对于国势的忧伤、对于亡国的悲愤、对于故国的思念等更深广的感情，产生了更深广的社会意义和思想价值。如她一再感叹道："故乡何处是？忘了除非醉""伤心枕上三更雨，点滴霖霪，点滴霖霪，愁损北人，不惯起来听"等。

无论前期还是后期的词，李

李清照读书图

李清照塑像

清照都把时代性与艺术独创性完美地融合在一起，把自己的思想感情与客观景物融合在一起，创造出情景交融的艺术境界。

李清照的词自成一家，被后人誉为"易安体"。这不但是指她以女性细腻之笔展现女性心理，更重要的表现在她善以白描之法写含蓄之情。

李清照的词，极少用典，常以明白晓畅之语，道出迷蒙变幻的自我情感，如《醉花阴·薄雾浓云愁永昼》：

　　薄雾浓云愁永昼，瑞脑消金兽。佳节又重阳，玉枕纱厨，半夜凉初透。

　　东篱把酒黄昏后，有暗香盈袖。莫道不销魂，帘卷西风，人比黄花瘦。

　　词作以清新之语、倒叙之法，写闺中寂寞和对爱情的坚贞，却又终不说破。语言的通俗与意境的朦胧所形成的张力，赋予易安词一种独特的魅力和风情，易安体也成为后世作家仿作的对象之一。

　　李清照善于将个性化的抒情和完美的意境结合起来。不但善于言情，而且尤善于塑造多愁善感、缠绵凄婉的自我形象，于"短幅中藏无数曲折"，含蓄深曲、生动细腻地来抒情；既善于直接写闺阁之愁，又善于借助写景咏物来抒情，因而其词极具个性化的意境。

李清照善于调动各种修辞手法，但又运用得非常自然，达到了"极炼而不炼，出色而本色"的最佳效果。

李清照还善于运用朴素的，甚至是口语化的，但又不失精美的语言，如《武陵春·风住尘香花已尽》全词口语连篇，无一持重语，但表达的感情却悠长不尽，毫无浅率之感。

李清照对词有她自己比较完整的看法，她专门写过一篇词学论文《词论》，对唐代特别是北宋以来的主要词人分别提出了批评。她特别强调词在艺术上的独特性，即词"别是一家"，把词和诗严格地区别开来，认为词当和诗不同，应以高雅、含蓄、典重、合律为主。

李清照的这种词学观点显然有偏颇的地方，她受词的传统观念束缚太深，忽视了词可以向许多不同方向发展的必然性。

虽然如此，李清照还是以她杰出的词的成就被推为"当行本色"的婉约正宗和最高代表。

阅读链接

出嫁前，李清照的父亲是礼部员外郎，丈夫赵明诚的父亲是吏部侍郎，均为朝廷高级官吏。李清照夫妇虽系"贵家子弟"，但因"赵、李族寒，素贫俭"，所以，在太学读书的赵明诚，每当初一、十五告假回家与妻子团聚时，常先到当铺典质几件衣物，换一点钱，然后步入热闹的相国寺市场，买回他们所喜爱的碑文和果实，夫妇"相对展玩咀嚼"。

两年后，赵明诚进入仕途，虽有了独立的经济来源，但夫妇二人仍然过着非常俭朴的生活，且立下了"穷遐方绝域，尽天下古文奇字之志"。

赵家藏书虽然相当丰富，可是对于李清照、赵明诚来说，却远远不够。于是他们便通过亲友故旧，想方设法，把朝廷馆阁收藏的罕见珍本秘籍借来"尽力传写，浸觉有味，不能自已"。新婚后的生活，虽然清贫，但安静和谐、高雅有趣，充满着幸福与欢乐。

辛弃疾立豪放派词史高峰

南宋中期也是词的繁荣昌盛时期，这时期的词和诗一样，受时代的影响，爱国词成为创作的主要内容，代表词人当推辛弃疾。

辛弃疾的词作数量有620多首，在宋代词人中算是特别多的。辛弃疾一开始写词时，他的词就同国家民族的命运相结合，充满了爱国主义的激情，特别能激励人心。

辛弃疾把政治、军事、山水、田园，以及个人的喜怒哀乐都融入词中，使词的题材无所不及、抒情功能

■ 辛弃疾（1140年～1207年），南宋爱国词人。原字坦夫，改字幼安，别号稼轩，山东济南人。出生时，中原已为金兵所占，他一生力主抗金。辛弃疾艺术风格多样，以豪放为主。他的词多抒写力图恢复国家统一的爱国热情，倾诉壮志难酬的悲愤，对当时执政者的屈辱求和颇多谴责。也有不少吟咏祖国河山的作品。题材广阔又善化用前人典故入词，风格沉雄豪迈又不乏细腻柔媚之处。

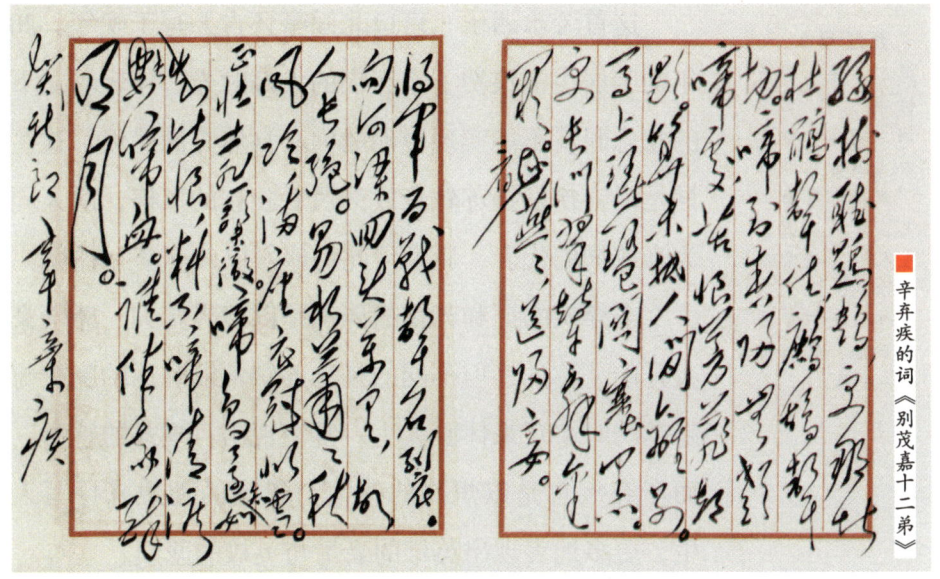

又达到了新的高度，把词的改革向前推进了一大步。

作为一个乱世之中的伟大爱国志士，辛弃疾的词多抒写自己强烈的抗敌救国的决心、壮志难酬的苦闷忧患和对投降派的深刻批判，如《水龙吟·登建康赏心亭》：

> 楚天千里清秋，水随天去秋无际。遥岑远目，献愁供恨，玉簪螺髻。落日楼头，断鸿声里，江南游子。把吴钩看了，栏杆拍遍，无人会、登临意。
>
> 休说鲈鱼堪脍，尽西风、季鹰归未？求田问舍，怕应羞见，刘郎才气。可惜流年，忧愁风雨，树犹如此！倩何人、唤取红巾翠袖，揾英雄泪！

辛弃疾是一位力图恢复中原的英雄，但他的志向竟然无人领会，不能不让他伤心落泪。

他的《永遇乐·京口北固亭怀古》在登临怀古中渗透了作者对伐金的清醒认识和老当益壮，尚思沙场报国的热望，情感炽烈，气势豪迈。

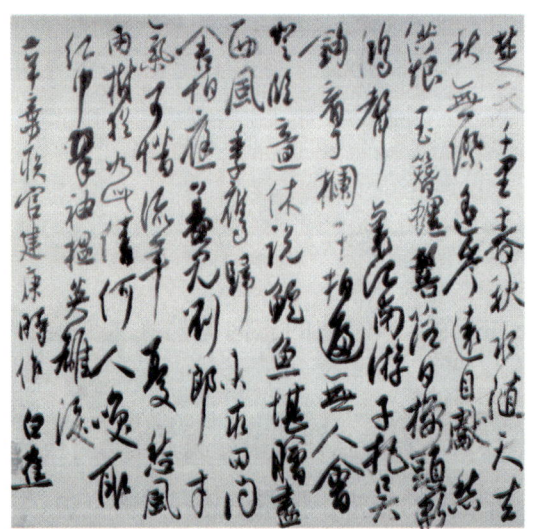

■ 辛弃疾的词

《西江月》词牌名，原为唐教坊曲，用作词调，调名取自李白《苏台览古》"只今惟有西江月，曾照吴王宫里人"。通常以柳永词为正体，50字，上下片各两平韵，结句各叶一仄韵。

这首《永遇乐·京口北固亭怀古》写于晚年，20年的闲居生活浪费了辛弃疾的大好时光，年轻时立下的壮志眼看不能实现，他的内心自然充满悲愤。这些词是辛弃疾发扬苏轼豪放词风后独创的风格，两人同为豪放词的代表，后人因此将他们以"苏辛"并称。

辛弃疾的词和苏轼的词都是以境界阔大、感情豪爽开朗著称的，但不同的是：苏轼常以旷达的胸襟与超越的时空观来体验人生，常表现出哲理式的感悟，而辛弃疾总是以炽热的感情与崇高的理想来抒写人生，更多地表现出英雄的豪情与英雄的悲愤。

除了这些抒发英雄豪情壮志的爱国词之外，辛弃疾还能写一些细致小巧的别调词，如农村生活的词，写得清新可爱，像他的主调爱国词一样出色。他的《西江月·明月别枝惊鹊》中"稻花香里说丰年，听取蛙声一片"，洋溢着浓郁的泥土气息。

《清平乐·村居》具体展现了平凡农家生活的一个场面，浓郁的生活气息扑面而来：

茅檐低小，溪上青青草。醉里吴音相媚好，白发谁家翁媪？

大儿锄豆溪东，中儿正织鸡笼。最喜小儿无赖，溪头卧剥莲蓬。

辛弃疾的词不但题材比

■ 古代词意图

前代词人有所扩大，而且在艺术上也有了较大发展。辛弃疾的词在意象的选择上更加自由灵活，在他笔下，不但经常出现刀枪剑戟、铁马旌旗等军事词汇，也经常出现鸡笼黄犊、稻花野草等日常生活事物。

五光十色的意象使辛弃疾的词形成了以悲壮沉郁为主、妩媚清丽为辅的多样风格，如《沁园春·叠嶂西驰》，将战争意象与豪放词风糅合一处，意境雄奇阔大。《青玉案·元夕》幽独缠绵，是其婉约风格的名作。

辛弃疾以诗为词，以文为词，常将古文诗赋的比兴、典故、章法、议论、对话等手法运用于词中，如《摸鱼儿·更能消几番风雨》：

戟 我国古代独有的一种兵器。实际上戟是戈和矛的合成体，它既有直刃又有横刃，呈"十"字或"卜"字形，因此戟具有钩、啄、刺、割等多种用途，所以杀伤能力胜过戈和矛。戟在商代就已出现，西周时也有用于作战的，但是不普遍。到了春秋时期，戟已成为常用兵器之一。

典故 原指旧制，也是汉代掌管礼乐制度等史实者的官名。后指关于历史人物、典章制度等的故事或传说。典故可追溯到汉朝，《后汉书·东平宪王苍传》："亲屈至尊，降礼下臣，每赐宴见，辄兴席改容，中宫亲拜，事过典故。"

更能消几番风雨，匆匆春又归去。惜春长怕花开早，何况落红无数。春且住，见说道，天涯芳草无归路。怨春不语，算只有殷勤，画檐蛛网，尽日惹飞絮。

长门事，准拟佳期又误，蛾眉曾有人妒。千金纵买相如赋，脉脉此情谁诉？君莫舞，君不见，玉环飞燕皆尘土！闲愁最苦，休去倚危栏，斜阳正在，烟柳断肠处。

这首词通篇使用比兴手法，且下片连用3个典故，凝练深切地表达了自己的忧国孤愤。再如《西江月·遣兴》：

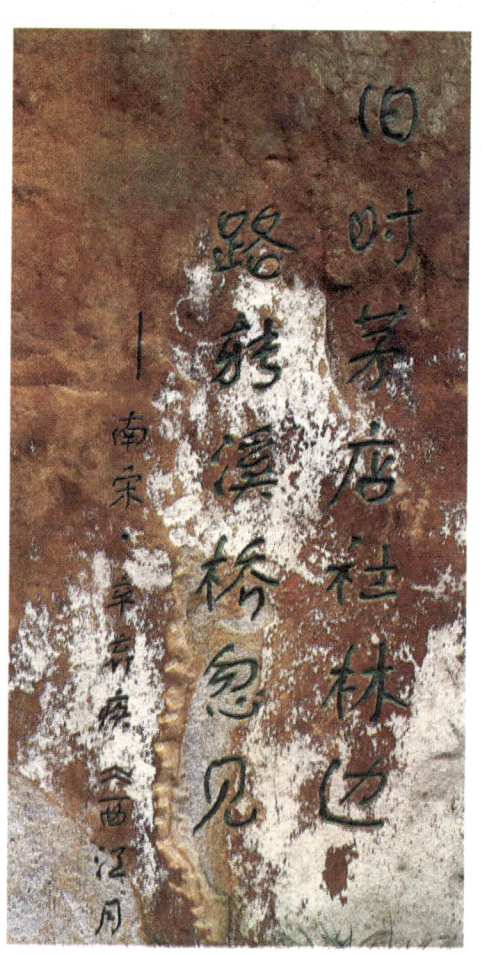

■ 辛弃疾词

醉里且贪欢笑，要愁那得工夫。近来始觉古人书，信著全无是处。

昨夜松边醉倒，问松"我醉何如？"只疑松动要来扶，以手推松日"去。"

上片议论，下片叙事，用散文句法，且用对话，惟妙惟肖地刻画出作者的醉态可掬。

由于是以诗文为词，辛弃疾不但从诗赋中汲取前人诗句、词句，如《南乡子·登京口北固亭怀古》"不尽长江滚滚流"用杜诗；"生子当如孙仲谋"用《三国志》注，还熔铸经、子、史、小说的语言入词，突破了词与其他文体的语言界限，增强了词的表现力，如《哨遍·秋水观》隐括《庄子·秋水》，贴切自然。

此外，辛弃疾还善于提炼民间口语入词，如《西江月·夜行黄沙道中》中"七八个星天外，两三点雨山前"词句，给人以清新活泼之感，形成既雄深雅健又清新流转的语言风格。

■ 辛弃疾的书法作品

辛弃疾善于运用浪漫主义的想象及象征手法来加强豪放色彩。如《水调歌头》："我志在寥阔，畴昔梦登天。摩挲素月，人世俯仰已千年。"其浪漫恣肆的风格和诗仙李白有一比。

又如《太常引》道："乘风好去，长空万里，直下看山河。斫去桂婆娑，人道是，清光更多。""乘风"3句所表现的思想感情，与爱国诗人屈原"陟升皇之赫戏兮，忽临睨夫旧乡"有同等之妙。

《三国志》西晋陈寿所著，记载三国时期历史的断代史，二十四史中评价最高的"前四史"之一。三国志最早以《魏志》《蜀志》《吴志》三书单独流传，直到1003年，三书合为一书。

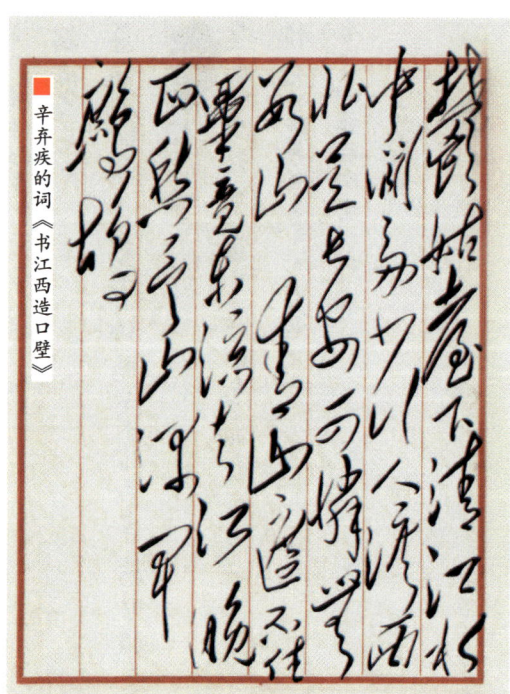
辛弃疾的词《书江西造口壁》

辛弃疾的词的豪放风格往往是通过各种形式加以表现的，明胡应麟《诗薮》说辛弃疾的词"正而能变，大而能化，化而不失本调，不失本调而兼得众调"。辛弃疾继承并发展了苏轼开创的豪放词风，以文为词，并注入爱国主义激情，词风格多样，呈现了一个大词人的风貌，把词作推向了一个更高的境界。

阅读链接

主张抗战并为之身体力行是辛弃疾一生中不变的基调，他21岁就进入军队。1162年被高宗召见，授承务郎。他不顾官职低微，进《九议》《美芹十论》等奏疏，具体分析南北政治军事形势，提出加强实力、适时进兵、恢复中原、统一中国的大计，但均未被采纳。

在这以后，辛弃疾历任司农寺主簿、湖北转运副使、知潭州兼湖南安抚使等职。任职期间，都采取积极措施召集流亡，训练军队，奖励耕战，打击豪强以利国便民。后被诬落职，先后在信州上饶、铅山两地闲居近20年。

晚年被起用知绍兴府兼浙江安抚使、知镇江府。但为权相韩侂胄所忌，落职。一生抱负未得伸展，1207年，终因忧愤而卒。据说，临终时还大呼"杀贼！杀贼"。

姜夔开"清空"词派新风

　　南宋末年，除了辛弃疾等豪放词人以外，还有不少风格婉约的词人，如姜夔、史达祖、吴文英、王沂孙、张炎等，他们深受北宋词人周邦彦的影响，对词的传统十分注重，对词的艺术发展做出了重要的贡献。

　　在这些词人中，姜夔是领袖级的人物，在他的旗帜下，聚集了许多南宋后期的重要词人，形成了一个可以左右南宋后期词坛的重要词派。姜夔对诗词、散文、书法、音乐，无不精善，是继苏轼之后又一难得的艺术全才。他屡次参加科举考试，都没有考取进士。

姜夔画像

　　姜夔是南宋中期向后期过渡的词人。他的词中有不少慨叹国事的

■ 姜夔《扬州慢·淮左名都》

作品，充溢着伤感和凄凉的情绪。他早年的名作《扬州慢·淮左名都》就是一个典型的例子，缺乏激昂亢奋的精神力量和博大的胸怀，有的只是无奈的感慨和哀愁的叹息。

> 淮左名都，竹西佳处，解鞍少驻初程。过春风十里，尽荠麦青青。自胡马窥江去后，废池乔木，犹厌言兵。渐黄昏，清角吹寒，都在空城。
>
> 杜郎俊赏，算而今、重到须惊。纵豆蔻词工，青楼梦好，难赋深情。二十四桥仍在，波心荡，冷月无声。念桥边红药，年年知为谁生！

姜夔的词以感时、抒怀、记游、咏物、恋情等题材成就较高，其中写得最多的还是记游和咏物之作。这些词作表达了作者飘零江湖的感叹，以及爱情失意的痛苦。《暗香》和《疏影》是姜夔最具代表性的两

朝廷 在我国古代，被一些诸侯、国王统领等共同拥戴的最高统领者，从而建立起来的一种统治机构的总称。在这种政治制度下，统领者一般被称为皇帝。朝廷后来指帝王接见大臣和处理政务的地方，也代指帝王。

首自度曲，都是歌咏梅花的。《暗香》借咏梅表达一种怀旧的情绪。姜夔在词中展示了很多由梅花联想起的往事片段，这里面有对往日恋人的怀念，也有对逝去的美好岁月的怀想。

姜夔词在格律、用典、炼字上受到了北宋词人周邦彦词风的影响，但他不满意周邦彦词的意象软媚绮靡，而善以清空骚雅之笔来补救，成一家风格。

所谓"清"，指语言和意象的清丽、清雅甚至清冷。姜夔作词爱用冷月、冷红、冷香、黄昏、冥冥等阴冷意象。如"波心荡，冷月无声""冷红叶叶下塘秋""嫣然摇动，冷香飞上诗句""数峰清苦，商略黄昏雨""淮南皓月冷千山，冥冥归去无人管"等。

所谓"空"，指词境的空灵。姜夔的抒情咏物词《暗香》《疏影》就成功营造出一种空灵的境界气氛，可以诱发人多重的联想。

所谓"骚雅"，是指继承《诗经》《楚辞》的传统，用比兴寄托的手法表达爱国洁己之情。

姜夔善于提空描写。不论何种题材，姜夔的词都不做过多的质实描写，而是从空际中摄取其神理、点染其情韵，并将自己的感受融合进去。如写梅花的《疏影》，基本上不对梅花做质实的描写，只是设想它是王昭君的幽魂所。

姜夔善于将各种题材，各种情

自度曲　通晓音律的词人，在旧有词调外，自摆歌词，又能自己谱写新的曲调，就叫作自度曲。此语最早见于《汉书·元帝纪赞》："元帝多材艺，善史书，鼓琴瑟，吹洞箫，自度曲，被歌声。"

■ 姜夔的《暗香》词意图

感，聚拢于统一的风格之中，如善于用清笔写浓愁、用健笔写柔情、用空笔写实情。如写恋情的《长亭怨慢》下阕：

> 日暮，望高城不见，只见乱山无数。韦郎去也，怎忘得玉环分付：第一是早早归来，怕红萼无人为主。算空有并刀，难剪离愁千缕！

词作虽是传统的离愁别怨题材，但写得颇为健朗。

姜夔的词常设精彩小序，独具审美价值。他还长于自度曲，有17首带自度曲谱的歌词。

姜夔于婉约、豪放之外别立"清空"一宗，以清劲清刚之笔法挽救传统婉约词的柔靡软媚，又以骚雅蕴藉之风神补救辛派末流的粗犷浮躁，卓然为南宋词坛一大家。

阅读链接

姜夔是我国古代杰出的词曲作家，他的词调音乐无论在艺术上及思想上都达到了较高水平，并具有独创性。姜夔的词调音乐创作继承了古代民间音乐的传统，对词调音乐的格律、曲式结构及音阶的使用有新的突破，并且形成了独特风格。

姜夔留给后人一部有"旁谱"的《白石道人歌曲》6卷，包括他自己的自度曲、古曲及词乐曲调，其代表曲有《扬州慢》《杏花天影》《疏影》《暗香》等，成为南宋唯一词调曲谱传世的杰出音乐家。

《白石道人歌曲》被视作"音乐史上的稀世珍宝"，其中有10首祀神曲《越九歌》、1首琴歌《古怨》、17首词体歌曲、1首《玉梅令》、14首姜夔自己写的"自度曲"。

他突破了词牌前后两段完全一致的套路，使乐曲的发展更为自由，在每首"自度曲"前，他都写有小序说明该曲的创作背景和动机，有的还介绍了演奏手法。

金元词

　　金代的词是在传承北宋词的基础上，与南宋词于不同的地域环境中同时且共生发展的。金代词人从不同的角度传袭了北宋词的风范，为金代词的进一步发展定下了基调。

　　另外，由于政治背景、人格精神以及金人自身文化与审美心理等层面的因素，也使金代词人对宋代词风的推崇和效仿成为金代词史上最为引人注目的现象。

　　元代词继承了两宋词的余绪，虽然没有取得大成就，但亦不乏名篇佳句，表现出时代特点。南宋入元的词人重在伤今，所追怀的对象就是南宋；由金入元的词人作品偏于吊古，词作多是抒写战乱兵燹、颠沛流离中的痛苦，表现了对古往今来人事变迁的感伤。

完颜亮和邓千江创雄豪词

完颜亮词意图

完颜亮，金代第四位皇帝海陵王，金太祖完颜阿骨打的孙子，完颜宗干的次子。完颜亮自幼聪敏好学，汉文化功底甚深，他雅歌儒服，能诗善文，又爱同留居于金地的辽宋名士交往，久而渐之，成为文韬武略兼备之人。

完颜亮的词没有流传下来几首，但这几首词都堪称杰作，足以奠定他在金代词中的地位。完颜亮的词风格雄奇，豪气万丈，有苏轼豪放派的遗风，他的《鹊桥仙·待月》是一首写中秋的词：

停杯不举，停歌不发等候银蟾出海。不知何处片云来，做许大、通天障碍。

　　虬髯捻断，星眸睁裂，唯恨剑锋不快。一挥截断紫云腰，仔细看、嫦娥体态。

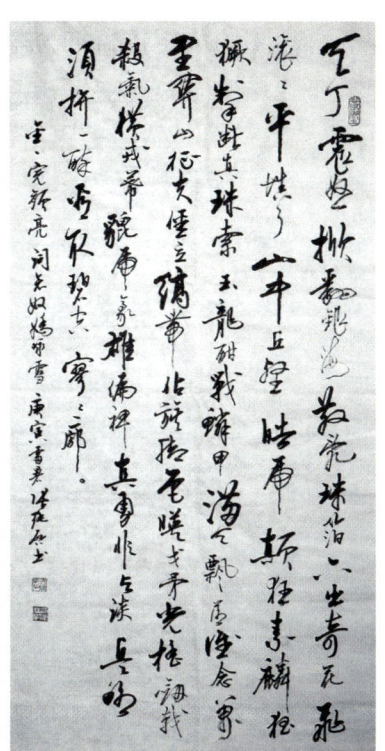

059
传承发展
金元词

■ 完颜亮词

　　词作毫无修饰浮夸之语，不见酸腐与脂粉气，只见朴实、自然之语，风格雄豪，并充满拔剑问天下的英雄气概。

　　完颜亮最著名的一首词是《念奴娇·咏雪》：

　　天丁震怒，掀翻银海，散乱珠箔。六出奇花飞滚滚，平填了、山中丘壑。皓虎颠狂，素麟猖獗，掣断真珠索。玉龙酣战，鳞甲满天飘落。

　　谁念万里关山，征夫僵立，缟带沾旗脚。色映戈矛，光摇剑戟，杀气横戎幕。貔虎豪雄，偏裨真勇，非与谈兵略。须拼一醉，看取碧空寥廓。

　　全词大气磅礴，气势浩大，风格雄奇，表现了作者气吞山河的万丈豪气和大无畏的英雄气概。

　　邓千江，甘肃人，生活在金代初。相传，最初没有什么名气，金张太尉镇守西部时，邓千江献上一乐章《望海潮·云雷天堑》。

　　张太尉赠以白金酬谢，邓千江没有接受便离去了。

　　《鹊桥仙》词牌名，又名《鹊桥仙令》《金风玉露相逢曲》《广寒秋》，双调56字，前后阕各两仄韵，一韵到底。前后句首两句要求对仗。

这首词一举成名，奠定了邓千江在金词坛中的地位。

《望海潮·云雷天堑》：

> 云雷天堑，金汤地险，名藩自古皋兰。营屯绣错，山形米聚，喉襟百二秦关。鏖战血犹殷。见阵云冷落，时有雕盘。静塞楼头，晓月依旧玉弓弯。
>
> 看看定远西还。有元戎闻命，上将斋坛。区脱昼空，兜零夕举，甘泉又报平安。吹笛虎牙间。且宴陪珠履，歌按云鬟。招取英灵毅魄，长绕贺兰山。

■ 杨慎的行书作品

全词歌颂戍边将帅的英雄业绩和以苦为乐的乐观主义精神，词句豪迈雄浑，富有英雄主义气概。词作写战场，不见刀光剑影，但见战后英姿；写将帅，不言将帅英豪，而言可比魏韩；写激情，有举杯同庆，又有凛然豪情。元代人陶宗仪在《辍耕录》中也叹道："邓千江《望海潮》，可与苏子瞻《百字令》、辛幼安《摸鱼儿》相颉。"

明代人杨慎在《词品》中道："金人乐府，称邓千江《望海潮》为第一。"

元好问，山西忻州人，金代最伟大的作家。元好问年少聪明，7岁时就能作诗，14岁时拜诗人郝天挺为师。官至尚书省左司员外郎。金亡后不再做官。

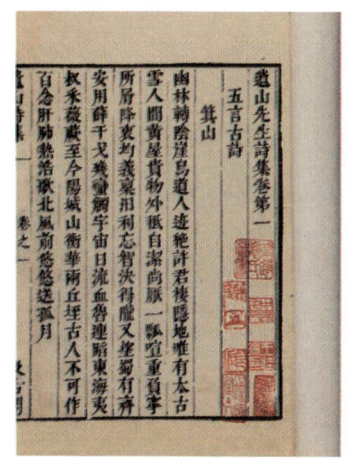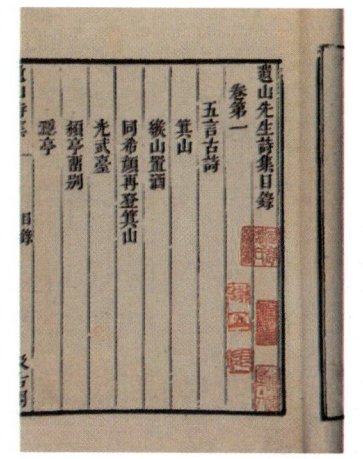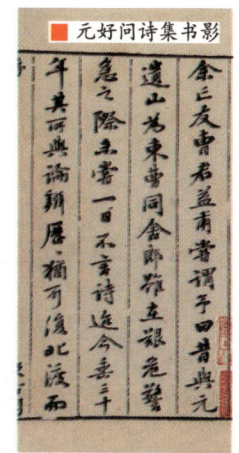

元好问擅长诗文，在金元之际颇负重望，诗词风格沉郁，作品多为伤时感事之作。元好问的词内容广泛，风格多样，以内容上描写国事、风格上豪放雄劲的词成就为高，并使这类词在苏轼和辛弃疾之后再大放光彩。

元好问的词直接纪实的成分减少了，主观抒情的成分增多了，常借写景咏物及比兴手法表达，如写景词《水调歌头·赋三门津》：

> 黄河九天上，人鬼瞰重关。长风怒卷高浪，飞洒日光寒。峻似吕梁千仞，壮似钱塘八月，直下洗尘寰。万象入横溃，依旧一峰闲。
>
> 仰危巢，双鹄过，杳难攀。人间此险何用，万古祕神奸。不用燃犀下照，未必伏灵强射，有力障狂澜。唤取骑鲸客，挝鼓过银山。

除了心系国事，抒忧感愤的豪放词外，元好问还有绮丽缠绵、情致缠绵的婉约词，如《摸鱼儿·雁丘辞》：

> 问世间，情是何物，直教生死相许？天南地北双飞客，

■ 元好问词意图

老翅几回寒暑。欢乐趣，离别苦，就中更有痴儿女。君应有语：渺万里层云，千山暮雪，只影向谁去？

横汾路，寂寞当年箫鼓，荒烟依旧平楚。招魂楚些何嗟及，山鬼暗啼风雨。天也妒，未信与，莺儿燕子俱黄土。千秋万古，为留待骚人，狂歌痛饮，来访雁丘处。

《摸鱼儿》 原是唐教坊曲名，本为歌咏捕鱼的民歌，后用作词牌。一名《摸鱼子》，又名《买陂塘》《迈陂塘》《双蕖怨》等。双片116字，前片六仄韵，后片七仄韵。双结倒数第三句第一字皆领格，宜用去声。代表词作有南宋词人辛弃疾所作的《摸鱼儿·更能消几番风雨》等。

当年，16岁的元好问去并州赴试，途中遇到一个捕雁者。这个捕雁者告诉元好问今天遇到的一件奇事：他今天设网捕雁，捕得两只，但一只脱网而逃。没想到脱网之雁并未飞走，而是在他上空盘旋一阵，然后投地而死。

元好问看看捕雁者手中的两只雁，一时心绪难平。便花钱买下这两只雁，接着把它们葬在汾河岸

元好问（1190年～1257年），字裕之，号遗山，山西忻州人。他是我国金末元初最有成就的作家和历史学家，是宋金对峙时期北方文学的主要代表，又是金元之际在文学上承前启后的桥梁，被尊为"北方文雄""一代文宗"。他的诗词文论冠绝一时，流传后世，号为文学大家。他的品德人格光彩照人，千载称颂，令人高山仰止。无论对家庭，对师友，对社会，他的行为都可以作为人生的楷模。

边，垒上石头作为记号，号为"雁丘"，并作了这首《雁丘词》。

这首词虽然是为殉情鸿雁所写的哀歌，却歌赞了人间"痴儿女"以及"生死相许"的爱情，被人称为"绵至之思，一往而深，读之令人低回欲绝"。全词行文并不复杂，而行文腾挪多变，用事实回答了什么是至情，寄人生哲理于淡悟之外。

阅读链接

完颜亮自幼聪明好学，曾拜汉儒张用直为师。完颜亮擅长作诗，他的诗同他的词一样，风格雄浑道劲，气象恢宏，充满了不为人下的雄霸之气。做藩王时，他给人题写扇面，有"大柄若在手，清风满天下"之句，显非凡志向。

一次他来到妻子的居室，见瓶中木樨花灿然而放，溢彩流金，遂索笔为诗道："绿叶枝头金缕装，秋深自有别般香；一朝扬汝名天下，也学君王著赭黄。"梦想"黄袍加身"的意旨，已跃然于纸上。

在面对美丽如画的杭州风景时，完颜亮触景生情，写下"万里车书一混同，江南岂有别疆封？提兵百万西湖上，立马吴山第一峰"的诗。

完颜亮志在"天下一家"的情绪，益显激越豪迈。

元代词人的名家上乘之作

　　南宋入元朝的词人的作品一般重在伤今，使人能清楚地感到他们所追怀的对象就是南宋。这类词人有赵孟頫、曹伯启、姚云文、陆文圭等。

　　这些人的很多词都表现了对故国的怀思，以及国破家亡的隐痛。这部分词大多以充实的思想内容和真切的感情取胜。

赵孟頫画像

　　赵孟頫，浙江湖州人。赵孟頫博学多才，能诗善文，懂经济，工书法，精绘艺，擅金石，通律吕，解鉴赏，其中书法和绘画成就最高，开创元代新画风，被称为"元人冠冕"。

　　赵孟頫由南宋入元朝，做了元朝的官，历任兵部郎中、翰林学士承旨。他的词却表现出对故国南宋的思念，如他的《虞美人·潮生潮落何时了》：

潮生潮落何时了？断送行人老！消沉万古意无穷，尽在长空淡淡鸟飞中。

海门几点青山小，望极烟波渺。何当驾我以长风？便欲乘桴浮到日华东。

池塘处处生春草，芳思纷缭绕。醉中时作短歌行。无奈夕阳、偏旁小窗明。

故园荒径迷行迹，只有山仍碧。及今作乐送春归。莫待春归、去后始知非。

■ 赵孟頫书画作品

赵孟頫这类词还有《浪淘沙·今古几齐州》《渔父词》二首，均表现出作者悲惜故国的情感。

陆文圭，江苏江阴人。他博通经史百家，兼及天文、地理、律历、医药、算术之学。南宋灭亡时，陆文圭隐居江阴城东，因此人称"墙东先生"。

陆文圭的词保存在《墙东诗余》词集里，共28首，其中约有一半是以描写歌伎和艳情为内容的。他晚年所写的词，内容上比较充实，艺术上也趋于成熟，如《探春慢·和心渊己巳元夕韵》写于晚年，寄托了他对亡宋的怀念，感情也沉郁真切。

同年所作的《满江红·己巳二月二十二日游北门，有感》中写"荒城外，牯眠衰草，鸦啼枯木，黄

翰林学士 古代官名。学士始设于南北朝时期，唐代初期常以名儒学士起草诏令而无名号。唐玄宗时期，翰林学士成为皇帝心腹，常常能升为宰相。北宋时期翰林学士承唐制，仍掌制语。此后地位渐低。到了明清时期，拜相者一般皆为翰林学士。清代以翰林掌院学士为翰林院长官，无单称翰林学士官。

染菜花无意绪，青描柳叶浑粗俗”，传达出“物是人非”的衰老心境。写法上以景传情，景中寓情。

姚云文，江西高安人，宋朝灭亡，入元朝，被授承直郎，抚、建两路儒学提举。他作的词不多，但有一定成就，《紫萸香慢》是姚云文词的精品：

近重阳、偏多风雨，绝怜此日暄明。问秋香浓未，待携客、出西城。正自羁怀多感，怕荒台高处，更不胜情。向尊前，又忆漉酒插花人，只座上、已无老兵。

凄清，浅醉还醒，愁不肯，与诗平。记长楸走马，雕弓搾柳，前事休评。紫萸一枝传赐，梦谁到、汉家陵。尽乌纱便随风去，要天知道，华发如此星星，歌罢涕零。

这首词是重阳节感怀之作，词作从重阳入笔，抒发了遗民不忘故国的忆旧情怀，语言平实，又不失跌

重阳　为农历九月初九。《易经》中把“九”定为阳数，九月初九，两九相重，故而叫重阳，也叫重九。重阳节早在战国时期就已经形成。到了唐代，重阳节被正式定为民间的节日，此后历朝历代沿袭。重阳节这天所有亲人都要一起登高“避灾”，插茱萸、赏菊花。

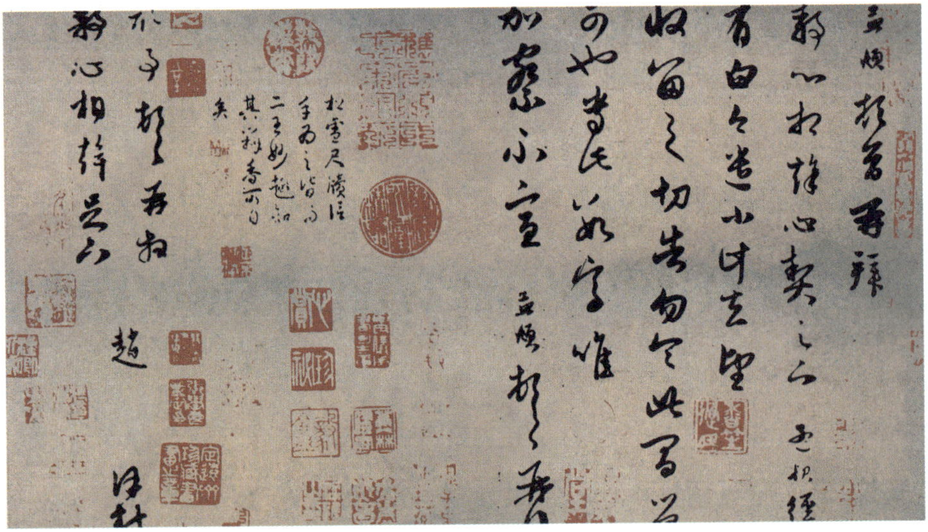
■ 赵孟頫的书法作品

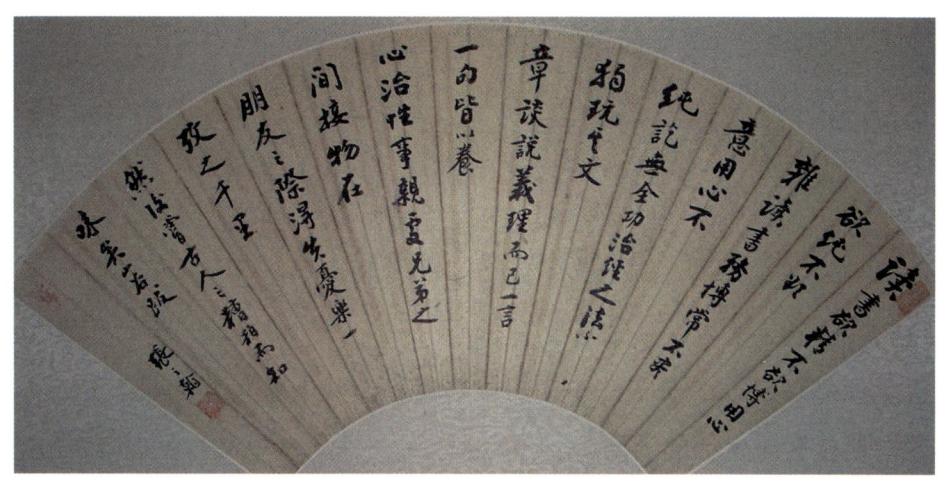

宕起伏，整首词从出游始，于登高处终，章法浑成，意蕴丰厚，读来凄怆感人。

由金入元的词人作品，一般偏于吊古，他们的词作多半是抒写在战乱兵燹、颠沛流离中的痛苦，表现对古往今来人事变迁的感伤。

这一时期，还有段克己的《满江红·雨后荒园》、白华的《满庭芳》、白朴的《水调歌头》《永遇乐》、王恽的《春从天上来》、刘因的《人月圆》等，都是属于这类作品。

这一时期除元好问、赵孟頫、陆文圭等人外，张之翰、袁易的词也颇具特点。

张之翰，河北邯郸人，他的诗词中有与元好问的诗词唱和之作。依照内容，张之翰的词可分为叹世和闲适两部分。

张之翰的叹世词多为议论出处得失。张之翰曾一度在江南做官，经历了宦海风波，这从他的《婆罗门引》"宦游最难，算长在别离间"，以及《沁园春·送刘牧之同知归江南》"早把功名，置之身外，

《满庭芳》 词牌名，因唐吴融"满庭芳草易黄昏"诗句而得名，又名《锁阳台》《满庭霜》《潇湘夜雨》等。有平韵、仄韵二体。平韵正体为双调95字，上下阕各四平韵，或上阕四平韵，下阕五平韵。仄韵体又名《转调满庭芳》，双调96字，上下阕各四仄韵。

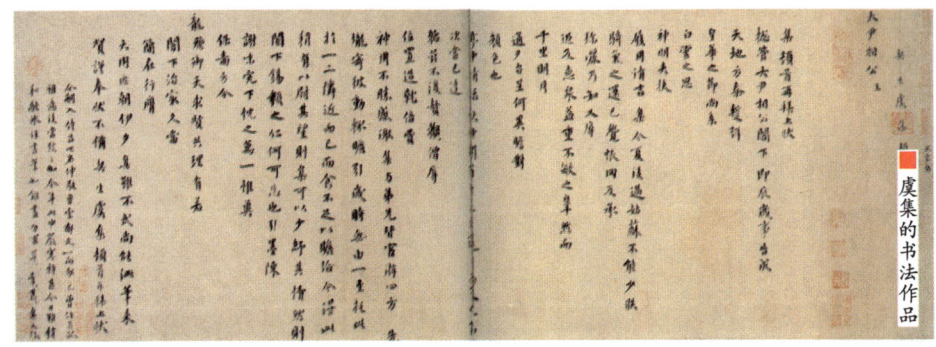

世上何愁可皱眉"等描写中，可以窥见他对为官的淡漠心情，透露出他对羁旅客居生活的厌倦。

张之翰的闲适词，表现的多是由岁月匆匆、世事悠悠引起的无可奈何情绪，如《木兰花慢》写岁月迅疾，如同流水，因而产生对人生短暂的感叹。再如《沁园春》"自别君来"写他晚年多病独处的寂寞，以及"但杯中有酒，何分贤圣，心头无事，便是神仙"的消极情绪。

张之翰的一些与朋友唱和往来的词，感情真挚，不同于一般应酬之作草草成章的作品，如《江城子·寄卢副使处道》《江城子·和韵姜中丞》等。

张之翰词在艺术上追求新意，描写颇为细腻，但由于他的词内容上没有什么开拓，比较狭窄，因此，只是偶有新语出现。特别是长调词，未能避免元代词直接说理、议论的一般缺点。

袁易，江苏苏州人。著有《静春堂诗集》四卷。袁易有存30首，内容大部分写他与朋友交往和诗酒优游的生活，词风与婉约派相近。

袁易在描绘自然景物时，能结构成优美的意境，衬托出人物的感情，如《烛影摇红·春日雨中》，写作者在春日阴雨连绵的天气中，寂寞烦躁的心情，以及看到"白鹭双飞，清江千顷"的开朗景象时的欣悦畅快感受。

袁易的一些寿词、赠答词，尽管是应酬作品，却有新语新意。在因袭模仿成风的元代词作家中，有着自己鲜明的风格。

元代后期词人中，虞集、王旭、张雨、萨都剌、张翥等成就相对突出。虞集曾授大都路儒学教授，李国子助教、博士等。

虞集的词作不多，但有些名句脍炙人口，最有名的是《风入松》中"杏花春雨江南"，形象描绘出江南的动人春色，成为江南风景的典型意象。

张雨，年二十弃家为道士，居茅山，曾跟从虞集学习。张雨博学多闻，善谈名理。其诗文、书法、绘画，清新流丽，有晋、唐遗意。

张雨的词多是唱和赠答之作。其中一些祝寿之词，内容较狭窄，语言也较陈旧。他与世俗朋友的唱和词作，反倒寄托了一些真实的思想感情，比如他的《木兰花慢·和黄一峰闻筝》《石州慢·和黄一峰秋兴》等，表现了他感叹流年易逝的世俗情绪，这些情绪，具有元代士人多愁善感、格外消沉的特点。

张雨的有些即兴之作，如《朝中措·早春书易玄九曲新居壁》中"行厨竹里，园官菜把，野老山杯，说与定巢新燕，杏花开了重来"词句，较为巧妙地写出了山居恬淡的情趣。

萨都剌曾授应奉翰林文字，擢南台御史等。萨都剌善绘画，精书法，尤善楷书，人称"燕门才子"。其文学创作，以诗歌为主。

萨都剌作的词不多，其中《满江红·金陵怀古》尤为脍炙人口。这首词作于他任江

■ 张雨的《登南峰绝顶诗轴》

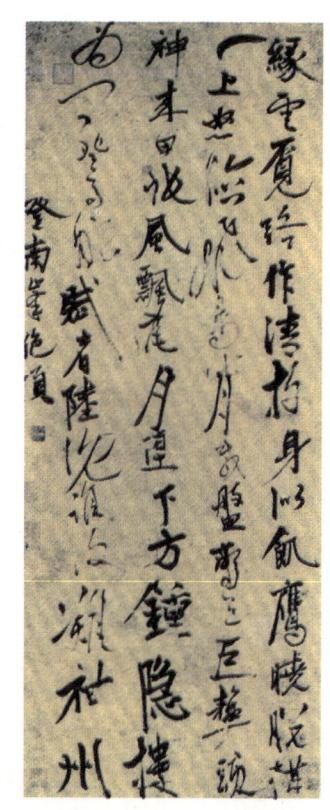

南诸道行台侍御史时期。整首词通过山川风物依旧而六朝繁华不再的对比，抒发了作者深沉的怀古感慨。全篇融情于景，构成深沉苍凉的意境，给人以情绪上的强烈的感染。

张翥，山西临汾人，官至翰林学士承旨。张翥擅长作诗，其诗多忧时伤乱之作。

张翥的词不如他的诗写得细腻而圆润，缺乏社会内容，但也有一些慷慨苍凉之作，如《沁园春》《洞仙歌·辛巳岁燕城初度》等，这些词寓人世炎凉于豪放之中。另外，还有一些词，如《绮罗香·雨中舟次洹上》，有婉约词风的味道。

虽然张翥的词没有他的诗细腻而圆润，但相对于其他元代词人普遍着重记事情、发议论，对自然的感受能力迟钝，对内心感情的捕捉也不敏锐的情况相比，还是要高出一筹。

阅读链接

赵孟頫在年近五十的时候，琢磨起纳妾的事来了。他作了首小词给妻子示意："我为学士，你做夫人，岂不闻王学士有桃叶、桃根，苏学士有朝云、暮云。我便多娶几个吴姬、越女无过分，你年纪已四旬，只管占住玉堂春。"

词的意思是，你没听说过王献之先生有桃叶、桃根这两个小妾，苏轼先生也有朝云、暮云这两个小妾。因此，我就是多娶几个小妾也并不过分；何况你年纪已经40多岁了，只管占住正房元配的位子就行了。

他的夫人管氏读后，也填写了一首《我侬词》，词是这样的：你侬我侬，忒煞情多，情多处，热如火。把一块泥，捏一个你，塑一个我，将咱两个一起打破，用水调和，再捏一个你，塑一个我，我泥中有你，你泥中有我。与你生同一个衾，死同一个椁。

意思简单明了。赵孟頫看了这首《我侬词》，遂打消了纳妾的念头。

明清词

明代是词的中衰期，主要是由明代社会环境所造成，虽然总体上看，明词的成就不如明诗，但其中也有一些可圈可点的作者和作品，如刘基的《水龙吟》、高启的《念奴娇》、杨基的《蝶恋花》、文徵明的《满江红》《青玉案》，陈子龙的《点绛唇·春日风雨有感》《念奴娇·春雪咏兰》等。

词的发展在经历了两宋的高亢之后，一路低迷，日渐颓败，直到清代初期，这种颓败之风才得到遏制。一批卓有实力的词人，以卓有成效的创作维持了词的辉煌发展，出现了陈维崧、纳兰性德等著名的词人以及多个影响巨大的词派。

成敗轉頭空，青山依舊在，幾度夕陽紅。白髮漁樵江渚上，慣看秋月春風，一壺濁酒喜相逢。古今多少事，都付笑談中。三國演義開篇詞讀後餘

陈维崧博采众长开豪放词

　　到了清代以后，以陈维崧为首的豪放型的阳羡派学习苏轼、辛弃疾的词风，使豪放之词大放光芒。陈维崧，字其年，号迦陵，江苏宜兴人。家门显赫少负才名，康熙时应博学鸿词科，授翰林检讨。

陈维崧画像

　　陈维崧擅长骈文，尤其精于作词，著有《陈迦陵诗文词全集》。陈维崧词作数量很多，填词多达1600余首，可说为古今之最。

　　陈维崧的词奔放、豪迈，继承了苏轼和辛弃疾的词风，而且增加了一种霸悍之气。人们称说："迦陵词气魄绝大，骨力绝遒，填词之富，古今无两。"

陈维崧词作的这种霸悍之气主要表现在抒情的爆发力上。这种气势的形成，一方面是由于他在词的写作艺术上达到了自由超越的程度，以往的观念难以再作束缚。

另一方面由于陈维崧精通历史，他同时将歌行和赋等笔法充分运用到了他的词中，纵横议论，洞照古今的手法使他的词在抒情的空间上得到了前所未有的拓宽。

所以，主客观等多方面的因素促使陈维崧的词能够另拓疆域，自辟门径，弥补了苏轼、辛弃疾的短处，成就了非凡的造诣。

陈维崧以如椽大笔，直写动荡残酷的社会现实。眷念故国，感慨兴亡，嗟叹遭际，悲悯苍生，种种题材成就了他的豪放之风，跳跃的词句肆情地宣泄他的万丈豪情，如他的《点绛唇·夜宿临洺驿》：

> 晴髻离离，太行山势如蝌蚪。稗花盈亩，一寸霜皮厚。赵魏燕韩，历历堪回首。悲风吼，临洺驿口，黄叶中原走。

这首词虽为短调，容量却很大，感慨兴亡的主题借

《点绛唇》 词牌名，又叫《点樱桃》《十八香》《南浦月》《沙头雨》《寻瑶草》《万年春》等。此调因梁江淹《咏美人春游》诗中有"白雪凝琼貌，明珠点绛唇"句而取名。共41字。上阕4句，从第二句起用三仄韵；下阕五句，亦从第二句起用四仄韵。

■ 陈维崧作品

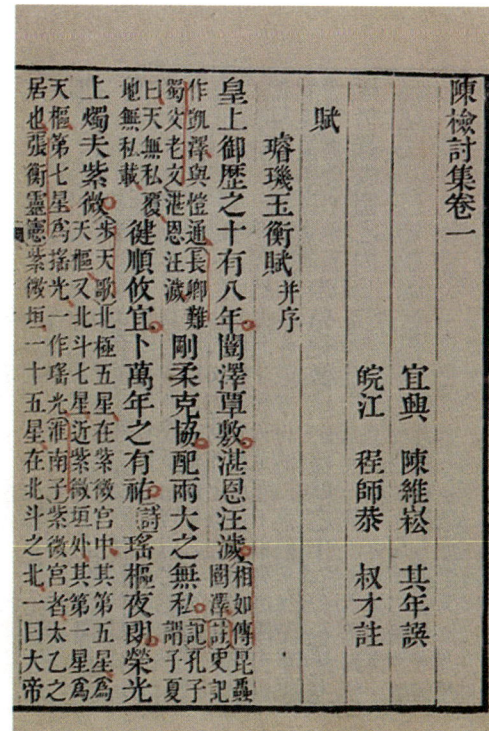

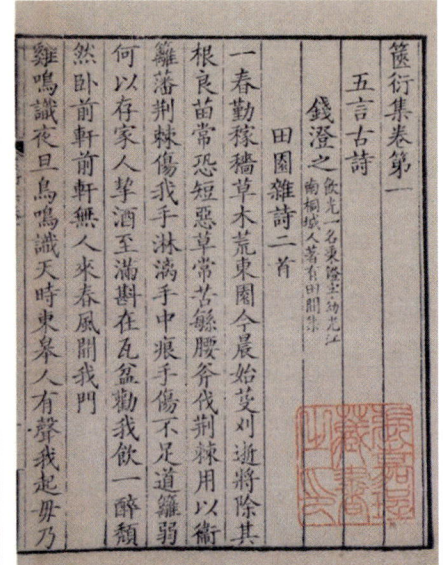

阔大萧瑟之景，表现得极其浓烈，具有震撼人心的魅力。再如《南乡子·邢州道上作》：

> 秋色冷并刀，一派酸风卷怒涛。并马三河年少客，粗
> 豪，皂栎林中醉射雕。
> 残酒忆荆高，燕赵悲歌事未消。忆昨车声寒易水，今
> 朝，慷慨还过豫让桥。

这首词与《点绛唇·夜宿临洺驿》同时期完成，也含有伤今吊古之意。《点绛唇·夜宿临洺驿》感喟历史风云，多凄楚苍茫，而这首词则杂入身世之悲，多豪迈遒壮，因此意味更为深重。

陈维崧词中借物抒怀之作也占据一定的比重，这类词作同样也以风格豪放、格调雄奇为显著特色，如《醉落魄·咏鹰》：

> 寒山几堵，风低削碎中原路。秋空一碧无今古，醉袒貂
> 裘，略记寻呼处。

男儿身手和谁赌。老来猛气还轩举。人间多少闲狐兔。月黑沙黄，此际偏思汝。

　　这首词写于作者流寓河南之时。全词慷慨悲壮，抒发了怀才不遇、壮志难酬的忧愤。词作咏物而抒怀，先以粗犷的笔墨刻画了苍鹰的高傲、威武的形象，接着由鹰及人，写到自己对往事的追忆。

　　陈维崧是比较全面的词人，他不仅擅长写长调，写豪放一类的词，而且也兼擅小令和慢词，且艺术性都比较高。

　　一般说来，小令由于篇幅短狭，很难写得波澜壮阔、腾跃激扬。陈维崧则以他出众的才华和惊人的创造力在令词中描绘出一般只能寓于长调的慷慨沉雄境界，《点绛唇·夜宿临洺驿》就是个成功的例子。他的词艺术性较高，精于用典，往往在一首词中掺杂着十几个典故，如果不熟悉这些典故的话，就很难理解词中所含的深意。

　　陈维崧曾写过一组汴京怀古的词，调子用的是《满江红》，共10首。这10首词，结合地理、历史、人物等，用了大量的典故。其中第四首写的是"吹台"，全词如下：

太息韶华，想繁吹、凭空千尺。其中贮、邯郸歌舞，燕齐技击。宫女也行神峡雨，词人会赋名园雪。羡天家、爱弟本轻华，通宾客。

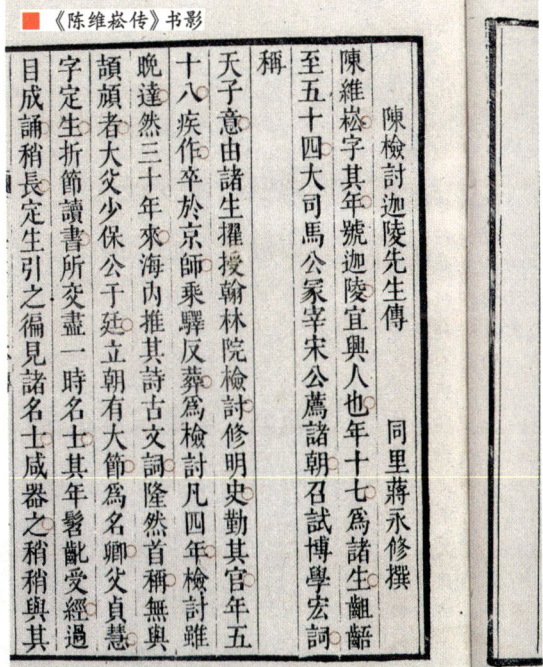

■《陈维崧传》书影

■《汉宫春晓图》局部

梁狱具，宫车出；汉诏下，高台坼。叹山川依旧，绮罗非昔。世事几番飞铁凤，人生转眼悲铜狄。着青衫，半醉落霜雕，弓弦毒。

用典 亦称用事，凡诗文中引用过去之有关人、地、事、物之史实，或语言文字，以为比喻，而增加词句之含蓄与典雅者，即称为"用典"。典故之种类可分为明典、暗典和翻典。明典是令人一望即知其用典。暗典于字面上看不出用典的痕迹，须详加体会。翻典即反用以前的典故，使其产生意外的效果。

这首词写的是汉梁孝王一系列豪华的生活场面，感叹世事变迁，人生易老，其中寓含理趣。词中用典极多，如"邯郸歌舞""燕齐技击""名园""赋雪"等。

陈维崧的词不及苏轼、辛弃疾之词，因其豪放少羁勒，不够沉厚蕴藉，但是他的词作能博采众长为我所用，在构思、技巧、用语上都有自己的特色。

除了豪放词作之外，陈维崧也有清真娴雅之作，亦写得很出色。《念奴娇·读屈翁山诗有作》雄奇壮阔，兼富情趣；《唐多令·春暮半塘小泊》信手拈来，口语入词，显示出作者能运用多种艺术手法的特点。

《望江南》《南乡子》等组词，以清新笔调，写江南、河南的风光和社会生活；《蝶恋花》《六月词》写农民入城的情态；《贺新郎》写艺人的遭遇，这些词又显示出陈维崧词题材广阔的特点。

清陈廷焯《白雨斋词话》评其为："情词兼胜，骨韵都高，几合苏、辛、周、姜为一手。"充分说明陈维崧能将不同风格冶于一炉，而能抒写自如。

陈维崧旗下聚集了任绳隗、徐喈凤、史惟圆、万树、曹亮武等一批词家，后来还有蒋士铨、郑燮、姚椿等人。这些词人同陈维崧一样，崇尚苏轼、辛弃疾，词风雄浑粗豪。他们相互唱和，颇具声势，为清词的中兴做出了重要贡献。

阅读链接

陈维崧的雄阔词风与他的豪宕不羁性格紧密关联。他早年曾拜著名爱国诗人陈子龙为师。10岁时，代其祖父拟《杨忠烈像赞》。17岁即"补邑博士弟子员"。其时，宜兴成立"秋水社"，参加的都是邑中有名望的文人，其中陈维崧年纪最轻。

之后，吴门、云间、常州、润州等地大兴文会，陈维崧即席赋诗数十韵；有时作记序，用六朝排比，骈四俪六，顷刻千言。许多著名诗人、古文家如王士禛、朱彝尊、顾贞观、魏淑子和姜西溟等争相与他为友，来往甚密。

陈维崧落拓不羁，重义气，轻财货，乐于助人，所谓"视钱帛如土。每出游馈遗，随手尽，垂橐而归。归无资，命令质衣物供用。至无可质，辄复游，率以为常"。

"文如其人"，这种率性而为、直抒胸臆而无所顾忌的性格，也造就了其豪放不羁的词风。

朱彝尊营造出婉约词风

随着清代政局和社会的进一步稳定，为豪放雄风提供的空间逐渐狭窄，而以朱彝尊为首的"浙西六家"登上词坛，相互呼应，以理论为支撑，以创作为依傍，营造出一片婉约天地。

朱彝尊画像

朱彝尊，字锡鬯，号竹垞，又号驱芳，晚号小长芦钓鱼师，又号金风亭长。浙江嘉兴人。康熙时，举博学鸿词科，授翰林院检讨。

朱彝尊的词影响很大，作词风格清丽，为浙西词派的创始者，与陈维崧并称"朱陈"。

朱彝尊开创了清词新格局，他认为明词因专学《花间集》《草堂诗余》，有气格卑弱、语言浮薄之弊，应该以"清空""醇雅"矫之。

朱彝尊主张学习南宋词，他尤其崇拜南宋格律派词人姜夔、张炎，提出：

> 世人言词，必称北宋，然词至南宋始极其工，至宋季而始极其变。姜尧章氏最为杰出。

他还选辑唐至元人词为《词综》，借以推衍其主张。

朱彝尊的这一主张被不少人尤其是浙西词家所接受而翕然风从，主要有李良年、李符、沈皞日、沈岸登、龚翔麟等人。

龚翔麟将朱彝尊的《江湖载酒集》、李良年的《秋锦山房词》、李符的《耒边词》、沈皞日的《茶星阁词》、沈岸登的《黑蝶斋词》以及自己的《红藕庄词》合刻于金陵，名《浙西六家词》。陈维崧为之作序，浙西词派由此而名。

朱彝尊的《曝书亭词》由数种词集汇编而成。所作讲求词律工严，用字致密清新，其佳者意境醇雅净亮，极为精巧，如《洞仙歌·吴江晓发》：

朱彝尊画像

> 澄湖淡月，响渔榔无数。一霎通波拨柔橹，过垂虹亭畔，语鸭桥边，篱根绽、点点牵牛花吐。红楼思此际，谢女檀郎，几处残灯在窗户。

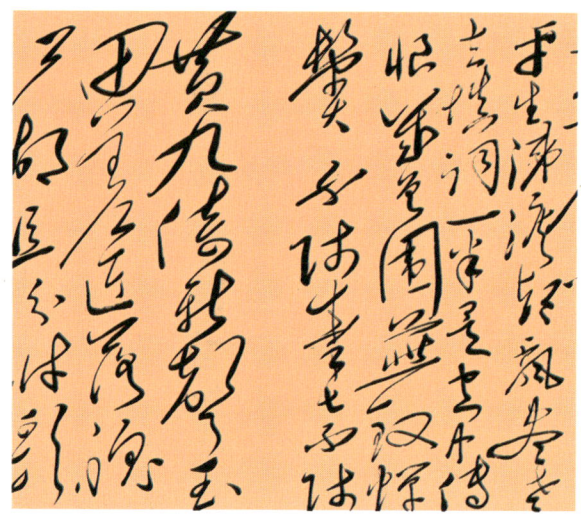

■ 朱彝尊的词

随分且欹眠，枕上吴歌，声未了、梦轻重作。也尽胜、鞭丝乱山中，听风铎郎当，马头冲雾。

在词中，词人将静谧的江南水乡的清晨，乘舟出发的风情，描摹得十分细腻。一路月淡水柔，篱边花发，楼头灯残，舟中人在吴歌声中若梦若醒，营造出一种清幽的情趣。

朱彝尊以学者之身而为词，在词的理论上颇有研究。他在《紫云词序》称"词则宜于宴嬉逸乐，以歌咏太平""大都欢愉之词"，因此他的笔下多有友人酬答，词人唱和，别愁离绪，情思深婉之作，如《桂殿秋》：

思往事，渡江干，青蛾低映越山看。
共眠一舸听秋雨，小簟轻衾各自寒。

淅淅沥沥的秋雨带来丝丝寒意，青年男女近在咫尺，却为礼法所约束，如分隔天涯。此词写作者与其小姨乘舟渡江避乱时情景，这些如烟往事漫过作者心头，情思绵绵。

其《忆少年》一词，与此词事相连，意趣相同，

《洞仙歌》 唐教坊曲，后用为词牌。原用以咏洞府神仙。常以《东坡乐府》之《洞仙歌令》为准。音节舒徐，极骀宕摇曳之致。83字，前后片各三仄韵。前片第二句是上一、下四句法，后片收尾八言句是以一去声字领下七言，紧接着又以一去声字领下四言两句作结。

有"相思了无益，悔当初相见"一句，把一腔真情说得更深、更透了。

朱彝尊有一部分据说是为其妻妹而作的情词，这些词大都写得婉转细柔，时有哀艳之笔。看其中的一首《眼儿媚》：

> 那年私语小窗边，明月未曾圆。含羞几度，几抛人远，忽近人前。
>
> 无情最是寒江水，催送渡头船。一声归去，临行又坐，乍起翻眠。

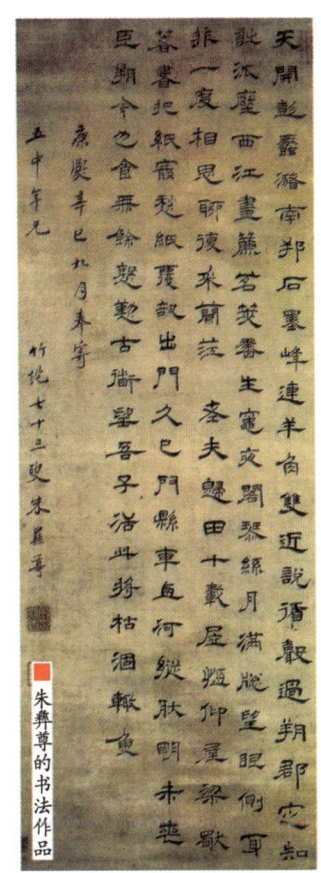

朱彝尊的书法作品

词作把初恋时的欲罢还休，热恋后离别之际的坐立不安，表现得淋漓尽致。文字平易清新，却又可以领略到孤诣锤炼的功力。从这些爱情小词中完全可以体味到朱彝尊婉约深致的特点，因此被人誉为"清词冠冕"。

朱彝尊论词追求"醇雅""清空"，因此，不能一味纠缠在声色艳情之中，也要有"言愁苦者十一焉耳"，也就有了怀古伤今、感时抒怀之作，如《卖花声·雨花台》，这首词是他在游览雨花台时写出来的，是一首吊古伤今之作：

> 衰柳白门湾，潮打城还。小长干接大长干。歌板酒旗零落尽，剩有渔竿。
>
> 秋草六朝寒，花雨空坛。更无人处一凭栏。燕子斜阳来又去，如此江山。

雨花台 南京城南的一处制高点，为历代兵家必争之地。从公元前1147年泰伯到这一带传礼授农算起，雨花台已有3000多年的历史。自公元前472年，越王勾践筑"越城"起，雨花台一带就成为江南登高揽胜之佳地。雨花台还是历代文人墨客乃至帝王将相吟咏之地，留下了很多吟咏雨花台的优美诗篇。

这首词追怀往事，不胜感慨。上片描写南京的衰败零落。下片吊古伤今，抒发感怀。字字蕴含着兴亡之慨。全词哀婉抑郁，清丽自然，充分地体现了作者的才情和风格。再如《解佩令·自题词集》：

十年磨剑，五陵结客，把平生涕泪都飘尽。老去填词，一半是空中传恨，几曾围燕钗蝉鬓。

不师秦七，不师黄九，倚新声玉田差近。落拓江湖，且分付歌筵红粉。料封侯白头无分。

这首词亦是朱彝尊的代表作之一，全词悲凉激愤，潜气内转，沉郁之情可见。浙西派在朱彝尊的影响下，标举清空醇雅风格，蕴藉空灵，无轻薄浮秽之弊，也不落浓艳媚俗。即使艳情咏物，也力除陈词滥调，独具机抒，音律和谐。

阅读链接

信奉浙西词派主张的词人不计其数。清代康熙、雍正、乾隆时，浙西词派风靡一时。前期除六家外，尚有彭孙遹、汪森、柯崇朴、曹尔堪、周筼、王雄、沈进等大量的本地词人以及外地词人。

后期浙西词派主要词人有钱塘人厉鹗、青浦人王昶、钱塘人吴锡麒、清前期吴江人郭麐、雍正时海宁人许昂霄、道光时海宁人吴衡照、道光时钱塘人项鸿祚以及黄型清、冯登府、杜文澜、张鸣珂等大量词人。

浙西词派的开创者朱彝尊去世不久，厉鹗崛起于词坛，承袭了浙西词派的主张，并有所修正和发展，尊周邦彦、姜白石，擅南宋诸家之胜，成为清代中叶浙西词派的中坚人物，使得浙派之势益盛。厉鹗之后，虽仍有词人承其余绪，然而日渐衰颓，势如强弩之末。

纳兰性德集凄清词风大成

纳兰性德，字容若，号楞伽山人，满族正黄旗人。他的父亲是清代康熙朝赫赫有名的内阁大臣、太子太师纳兰明珠，可谓出身显赫。

纳兰性德自幼天资聪颖，读书过目不忘，很小时就开始学习骑射。17岁时，纳兰性德开始入太学读书，为国子监祭酒徐文元赏识，推荐给其兄内阁学士、礼部侍郎徐乾学。

18岁时，纳兰性德参加顺天府乡试，并考中举人。

纳兰性德画像

■ 清代科举张榜图

独特的词作

正黄旗 清代八旗之一，以旗色纯黄而得名。正黄、镶黄和正白旗列为上三旗。旗内无王，由皇帝所亲统，兵为皇帝亲兵。下辖92个整佐领又两个半分佐领，约30000兵丁，男女老少总人口约15万人。

侍卫 清代制官职名。清代时，选满蒙勋戚子弟及武进士为侍卫，分三等。又在其中特简若干为御前侍卫及乾清门侍卫，为最高级。一等侍卫为武职正三品；二等侍卫为武职正四品；三等侍卫为武职正五品；四等侍卫为武职从五品。

次年，正准备参加会试，但是一场突如其来的病使他没能参加成殿试。

在此后的数年中，纳兰性德拜徐乾学为师，发奋研读。在名师的指导下，他在两年中，主持编纂了一部1792卷编的儒学汇编《通志堂经解》，此举受到了皇上的赏识，也为他今后发展打下了基础。

接着，纳兰性德又把搜读经史过程中的见闻和学友传述记录整理成文，用三四年时间，编成4卷集《渌水亭杂识》，其中包含历史、地理、天文、历算、佛学、音乐、文学、考证等方面知识。表现出他相当广博的学识基础和各方面的兴趣爱好。

纳兰性德22岁时，再次参加进士考试，以优异成绩考中二甲第七名。康熙皇帝授他三等侍卫的官职，以后升为二等，再升为一等。

纳兰性德以词闻名，著有《饮水词》，存词300余首。纳兰性德的词有南唐后主的遗风，以凄清见长，悼亡词情真意切，令人不忍卒读。

悼亡词在纳兰性德的创作中，几乎占十分之一。在他之前，从来没有人这样大量创作悼亡词。

纳兰性德的悼亡词对他凄清词风的形成，有着重要影响。其悼亡词反映了高尚的人情美，在内容和形式的结合上达到了高度的和谐统一，是他无限凄楚的悼亡之情和卓越的文学才华水乳交融的结晶。

在纳兰性德的大量词中，边塞词无论在质量和数量上都值得注意。他"以自然之眼观物，以自然之舌言情"，既描绘了边塞雄浑勃郁之美，又刻画了塞外的凄清苍凉。

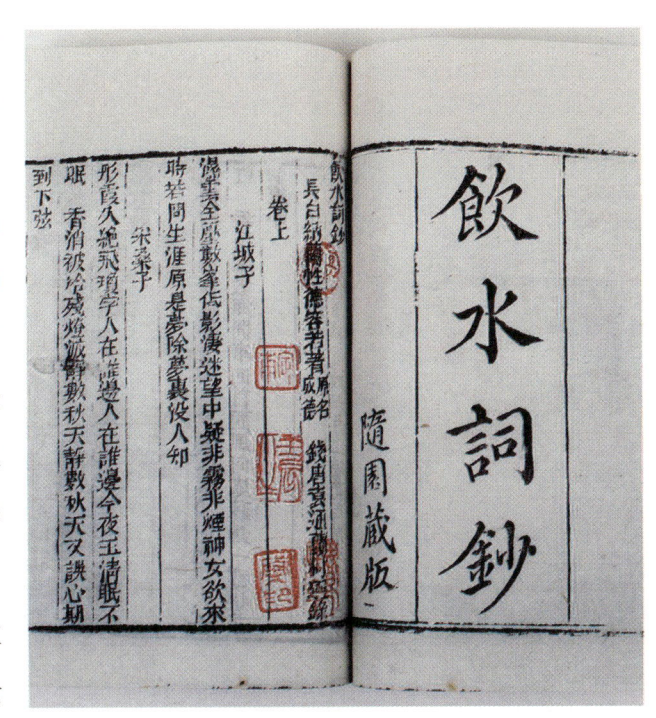

■ 纳兰性德《饮水词》书影

纳兰性德以真挚的感情，把建功立业的雄心与现实中待卫生活的厌倦、爱国忧民的心怀与伤离念远的思愁、吊古伤今的喟叹与民族和睦的祝愿融入边塞词中，既体现了其进步的历史观和民族观，也可以使人体会出其中包含的无限幽怨和无尽伤感。

他的《长相思·山一程》尤耐咀嚼：

山一程，水一程，身向榆关那畔行，
夜深千帐灯。

风一更，雪一更，聒碎乡心梦不成，
故园无此声。

《长相思》 词牌名，亦称《长相思令》《相思令》《吴山青》《山渐青》等。双调36字，前后阕格式相同，各三平韵，一叠韵，一韵到底。历史上著名的《长相思》词令作者有白居易、林逋、晏几道、纳兰性德、李煜、欧阳修等。

■ 纳兰性德画像

词作描述了作者随皇帝东出山海关时，风雪交加中扎营的壮景及个人心境。

纳兰性德为人至真至纯，对挚友肝胆相照，一腔热情。他与朋友或是书信往还、唱和赠答，或雅集联句、饮酒赋词，许多词作情真意切，感人至深。

纳兰性德对友真诚慷慨，可以在他的代表作《金缕曲·赠梁汾》中看出。在这首词中，就有"一日心期千劫在，后身缘，恐结他生里。然诺重，君须记"之句。

有关爱情的词在纳兰词中所占比例最大，这类词多写儿女情长，怨离伤别，表达了他对爱情的喜悦或伤感，其感情真挚圣洁，思念深广绵长，最能体现其缠绵凄婉的词风，如《木兰花令·拟古决绝词》：

> 人生若只如初见，何事秋风悲画扇。
> 等闲变却故人心，却道故人心易变。
> 骊山语罢清宵半，泪雨霖铃终不怨。
> 何如薄幸锦衣郎，比翼连枝当日愿。

这首《木兰花令》常被当作爱情诗来读，其实这

信 古代称作"尺牍"。古人是将信写在削好的竹片或木片上，一根竹片或木片约在一尺到三尺之间，所以叫尺牍。"信"在古文中有音讯、消息之义，如"阳气极于上，阴信萌乎下"。"信"也有托人所传之言可信的意思。在我国古代的书信中，最著名的是秦朝李斯的《谏逐客书》，还有司马迁的《报任安书》。

首词是模仿古乐府的决绝词，也即写给一位朋友的。在道光十二年的刻本《纳兰词》里，就可以看到词牌下边还有这样一个词题"拟古决绝词，柬友"。

再如《梦江南》：

昏鸦尽，小立恨因谁？急雪乍翻春阁絮，轻风吹到胆瓶梅，心字已成灰。

这首词是写于纳兰性德的表妹雪梅被选到宫里之后。他与表妹雪梅一块儿长大，从小青梅竹马，两小无猜，虽然没有挑明爱情关系，但纳兰性德深深地爱着雪梅这是事实。他与表妹曾经一块儿去读私塾，一块儿玩耍，一块儿对诗作赋。如今，表妹进了皇宫，

■ 清朝绘画

■ 纳兰性德画像

当了妃子，叫谁能不痛苦呢？

表妹走后，纳兰性德曾经装扮成僧人进宫去见过表妹一面，回来后好长时间放不下。所以，他常一个人在黄昏时小立，望着宫廷的方向凝神。可是，初恋是彻底没有希望了，这辈子也别再想了，心事变成了灰一样。

《梦江南》有单调、双调和另调，这一首是用的单调。全词总共才27字，词的容量极其有限。但是，纳兰性德在这27个字中，塑造了一个失恋者的形象。

他悲愤，他痛苦，他怨恨，他心如刀割，他心灰意冷。但是，他又不能表现出来，他把内心的痛苦压抑住，强陪着笑脸应付家人与外界。

这首小词营造了由几个意象组成的意境：黄昏、乌鸦、柳絮、春阁、瓶梅、心香。把相思的凄苦与灰色的景物融合在一起，既有实景的描画，又有心如死灰的暗喻。意境构成了一个十分伤感的画面。

《饮水词》中有相当一部分是描写夫妻感情生活的，其词句婉丽优美，情意绵长，有较高的美学价值。纳兰性德是性情中人，爱情是他生活的重要部分。他对爱情的珍视、深挚、专注和执着，从大量悼念亡妻的词作中汩汩涌出。

如《青衫湿·悼亡》：

近来无限伤心事，谁与话长更？从教分付，绿窗红泪，早雁初莺。当时领略，而今断送，总负多情。忽疑君到，漆灯风飐，痴数春星。

■ 纳兰性德词意图

纳兰性德与妻子卢氏恩爱至深，不想不及五载便成永诀，这对一个对爱情极为看重的人无疑是一个非常沉重的打击。

他不能忘却娇妻"痴数春星"的可人形象，更为"无限伤心事"却无人共语的凄清悲凉所煎熬。这首词作充分地表达了这一深沉的情感。

纳兰性德此类词颇多，首首皆是真情所致，和着泪、和着血之作。纳兰性德的这类词作清丽婉约、自然深挚，不染纤尘脂粉，纯任性灵。

在词的艺术方面，纳兰性德一贯主张作词须有才学，他对泥古、临摹仿效深恶痛绝，在创作态度上"欲辟新机，意见孤行、排众独出"。他认同杜甫"别裁伪体亲风雅，转益多师是汝师"的观点，提出了"凡风骚以来，皆汝师也"。

纳兰性德认为："随人喜怒，而不知自有之面

赋 由楚辞衍化而来，是以"铺采摛文，体物写志"为手段，以"颂美"和"讽喻"为目的的一种有韵文体。它多用铺陈叙事的手法，赋必须押韵，这是赋区别于其他文体的一个主要特征。赋起于战国，盛于两汉。

目。"是迂腐之徒的作为，不足取。他形象地比喻此般行为如矮人观场，随人喜怒。他谈诗词创作"亦须有才，乃能挥拓；有学，乃不虚薄、杜撰。才、学之用于诗者，如是而已"。

纳兰性德还主张作诗词要有比兴。他从文艺批评的角度，对唐、宋、明的诗词作品进行比较，指出宋明的作品赋多比兴少，"雅颂多赋，国风多比兴，楚辞从国风而出，纯是比兴，赋义绝少。唐人诗宗风骚，多比兴。宋诗比兴已少，明人诗皆赋也，便觉版腐少味"。

在纳兰性德的诗词中，他常以竹、松、兰、荷等自比，借物起兴，循着他的"发乎情，止于礼义"的创作过程，抒发高洁的情怀，辨明超脱的心志。

关于纳兰性德的《饮水词》，后代多有评价。清初著名词人陈维嵩认为："《饮水词》哀感顽艳，得南唐后主之遗。"清代末期学者梁启超曾评纳兰性德词："容若小词，直追后主。"

阅读链接

纳兰性德的职业对他的文学成就产生了不小的影响。纳兰性德点为进士后，便做了大内侍卫，并在几年的时间里，从三等侍卫升到一等侍卫。

纳兰性德担任侍卫后，非常受皇帝宠信，常常"御殿则在帝左右，扈从则给事起居""吟咏参谋，多受恩宠"。他在御前任职，能应付自如。皇帝诗兴大发，他随声唱和；皇帝若有著述，他受命译制；皇帝行猎，他则执弓冲突，跃马随围。

由于尽职称诣，纳兰性德受到了康熙皇帝的金牌、彩缎、弧矢、佩刀、鞍马、诗抄等赏赐，得到让许多人羡慕的特殊眷顾。同时，宫廷侍卫因为要常随帝王参与各种重要活动，遇有巡狩之事则要扈从，踏名胜山川，过乡镇城邑。

经历见识对一个有成就的作者是必不可少的，对其激发情感，扩大境界有着至关重要的作用。这种影响，在一定程度上避免了纳兰性德文学创作的狭隘局限，丰富了他的文学创作。